AF210929

Ein paar Satiren, Erlebnisberichte und zwei Kriminalgeschichten machen diese Erzählungen aus. Sie entstanden im Zeitraum 1990 bis 2022 und wurden zum Teil bereits in Zeitschriften und Anthologien veröffentlicht. Meistens liegt ihnen ein äusseres Ereignis zugrunde, das den Autor zum Schreiben veranlasste. Man erkennt, dass manche Zeitfragen die letzten Jahrzehnte fast unverändert überdauert haben.

Andreas Pritzker wurde 1945 in Windisch (Aargau) geboren. Er studierte Physik an der ETH Zürich und war als Forscher, Beratender Ingenieur und im Wissenschaftsmanagement tätig. Als Schriftsteller hat er zehn Romane, zwei Erzählungen und drei Sachbücher verfasst. Zudem hat er als Publizist und Verleger verschiedene Texte veröffentlicht.

Erzählungen

Andreas Pritzker

Verlag:
BoD · Books on Demand GmbH,
In de Tarpen 42, 22848 Norderstedt
Druck:
Libri Plureos GmbH, Friedensallee 273,
22763 Hamburg
Umschlagbild: iStock Photos
ISBN: 978-3-7693-1801-2

Inhalt

Gutgutgut

Die Landschaft, die sich vor mir ausbreitet, ist wundervoll, an diesem blauen, hellen Frühlingstag. Mit meinem Fahrrad brauche ich vom Städtchen bis auf den Berg fünfunddreissig Minuten. Keine schlechte Leistung für ein Mädchen, sagt mein Vater. Ich komme oft hierher, um über das Land blicken zu können. Und das in die Weite reichende Bild in mich hineinströmen zu lassen. Und mich meinen Gedanken zu überlassen, wie sie die Eingebung zutage fördert. Mein Vater hat gesagt, das gehöre zur Jugendphase, in der ich mich befinde. Er sei seinerzeit selbst oft hier herauf gefahren.

Ich bin natürlich auch noch gekommen, weil ich nachher auf dem nahen Berghof die Kinder für einige Stunden hüten werde. Die Bäuerin hat vor zwei Wochen ihr drittes Kind gekriegt. Das letzte, mehr sind nicht erlaubt. Heute ist der grosse Tag im Leben dieses Kindes. Die sogenannte Taufe. Eigentlich Taufe und Impfung. Die Gemeinde wird eine Wagenkolonne entsenden – drei schwarze, geräumige Limousinen, die einzigen zugelassenen Personenwagen weit und breit. Die Eltern werden mit dem Säugling im dritten Wagen Platz nehmen. Dann fahren sie alle ins Städtchen hinunter, zum Haus der

Freude. Im vordersten Wagen der Gemeindeammann und der Sanitäter. Im zweiten der Priester und der Polizeichef oder sein Stellvertreter, der Feuerwehrchef. Dann wird das Kind zuerst bei der Gemeinde registriert. Dann bei der Umweltkirche – wir nennen diese Registrierung immer noch Taufe. Dann bei der Polizei. Und danach wird es vom Sanitäter geimpft. Gegen Keuchhusten, Kinderlähmung und Pocken. Und natürlich gegen den ganzen Rest, mit dem Impfstoff Gutgutgut.

Regelmässig stellt unser Lehrer, Herr Weissdorn, in der Klasse die Frage, weshalb gerade diese vier Impfungen notwendig sind. Und ich gehöre immer zu denen, die sofort antworten können, dass Gutgutgut gegen alles wirkt, was die Gesundheit des Menschen angreifen kann, ausser Keuchhusten, Kinderlähmung und Pocken. Und Herr Weissdorn erklärt darauf, man nehme an, dass die Erreger dieser drei Krankheiten in Äquatorialafrika, wo die Pflanzendroge Gutgutgut entdeckt worden sei, nie aufgetreten seien. Sonst würde Gutgutgut – eine wortgetreue Übersetzung aus der pygmäischen Sprache – zweifellos auch dagegen wirken. Denn Gutgutgut hat alle Krankheiten besiegt – mit Ausnahme der erwähnten – und dem Körper eine ungeahnte Regenerationsfähigkeit geschenkt, die bei Unfällen wirksam wird. Einzig wichtig ist es, den Körper in Ruhestellung zu versetzen, und innerhalb von wenigen Wochen wachsen die Wunden narbenlos zu. Selbst Zähne können nachwachsen! Herr Weissdorn sagt, die Entdeckung von Gutgutgut stelle eines der einschneidendsten Ereignisse in der Geschichte der Menschheit dar.

Nach der Zeremonie, die ungefähr eine Stunde dauert, wird die Wagenkolonne wieder hierher fahren und die Eltern mit dem Neubürger zurückbringen. Für kleinere Kinder ist der Anblick der vorbeifahrenden Wagenkolonne immer wieder ein Erlebnis. Früher soll der Autoverkehr verbreitet gewesen sein. Heute gibt es ausser den offiziellen, schwarzen Limousinen jeder Gemeinde, den Dienstfahrzeugen der Polizei und der Kirche keine Personenwagen mehr, und nur noch wenige Lastwagen. Einmal pro Monat kommt einer dieser Lastwagen in unser Städtchen und bringt Post und die wenigen Bedarfsgegenstände, die wir nicht selbst produzieren.

Früher gab es auch Schnellstrassen. Früher heisst, vor der Letzten Revolution. Vor meinen Augen erstreckt sich, in der Niederung des Flusses, ein weites Feld. Hier führte in historischen Zeiten eine sogenannte Autobahn durch. Von ihr stehen nur noch die Ruinen der Brückenwerke. Alles andere ist verschwunden, wie es einst das Grosse Vorbild Othmar vorausgeahnt hatte: So wurde Beton zu Gras. Und noch mehr ist verschwunden, seit der Letzten Revolution. Nämlich alles, was als umweltschädlich galt und gilt. Talaufwärts sei an klaren Tagen die Dampffahne eines Atomkraftwerkes – was immer das heisst – zu sehen gewesen. Doch diese Kraftwerke wurden bei der Letzten Revolution abgeschafft. „Wir haben die umweltschädliche Kraft der Elektrizität beinahe vollständig durch die umweltfreundliche der menschlichen Muskeln ersetzt", pflegt unser Polizeichef zu dozieren, „entsprechend den Zielen des Grossen Vorbildes Ray" (der zwar in seiner Jugend von der Technik noch öffentlich geschwärmt habe, sagt mein Vater). Ich könnte mir jetzt, als Denksport, noch vieles mehr über die Grossen Vorbilder ins Gedächtnis rufen. Bei Herrn Weissdorn gelte ich als die einzige Schülerin, die alle dreiundsechzig derzeitigen, von der Umweltkirche als selig erklärten Grossen Vorbilder aufzählen kann. Samt ihrem offiziellen, je fünf Sätze umfassenden Leistungsausweis aus dem Umweltkatechismus. „Nehmt euch Lissy als Beispiel. Sie weiss als einzige über alle Grossen Vorbilder Bescheid. Warum könnt ihr anderen euch nur so wenig merken!" höre ich Herrn Weissdorn seufzen.

Wie jedesmal lasse ich meinen Blick über das Land streifen. Ich sehe unser Städtchen, das früher viel grösser gewesen sein soll. Ich sehe die über das Land verstreuten Bauernhöfe – viel zahlreicher als vor der Letzten Revolution. So leben wir zwei Millionen Schweizer. Von der Landwirtschaft, und in den Städtchen und Dörfern vom Gewerbe. Vor der Letzten Revolution war das Leben, so Herr Weissdorn, sehr kompliziert. Weil hochgradig spezialisiert. Die Jugendlichen wussten ob der Auswahl manchmal gar nicht mehr, welchen Beruf sie ergreifen sollten! Heute ist alles viel einfacher. Alles ist überschaubar. Es gibt ein Dutzend anerkannte Berufe, mehr nicht. Früher gab es ein sogenanntes Gesundheitswesen – Gutgutgut machte es überflüssig. Wir brauchen nur noch pro Gemeinde einen Sanitäter, der sich der Verunfallten annimmt und die natürlichen Todesfälle registriert. Es gab ein Bankenwesen. Das ist vorbei, weil Vermögensbildung und Kreditwesen unzulässig sind. Wir verwenden zwar noch Geld, doch tendieren wir immer mehr zum Tauschhandel. Unsere Familie, zum Beispiel, begleicht die Steuern zur Erhaltung der zehn Gemeindeangestellten in Naturgaben. Meine Mutter zum Beispiel ist bekannt dafür, dass sie das beste Weizenbier in der ganzen Gemeinde braut. Daher liefert unsere Familie den sogenannten Zehnten in Form von Bier ab. Und in Form von Arbeiten meines Vaters, der Spengler ist, an der Wasserversorgung. Doch das Wichtigste, gegenüber der vorrevolutionären Zeit, ist dies: Früher gab es allerlei Konfessionen, Ideologien, Parteien. All dies wurde aufgelöst. Heute gibt es nur noch die

Umweltkirche, und ihr gehören wir alle an.

Auch der Handel wurde auf ein Mass einge-
dämmt, das nicht länger umweltschädlich ist.
So, dass der Warenverkehr praktisch wegfiel.
„Das menschliche Dasein erfolgt lokal", so for-
mulierte es das Grosse Vorbild François. Und
auch der Personenverkehr fiel weg. Und damit
wurden alle Gaststätten und Hotels unnötig.
Heute reist nur, wer in seinem Antrag an die Polizei nebst einer stichhaltigen Begründung für
die Reise nachweisen kann, dass er am Bestim-
mungsort eine Unterkunft bei Bekannten oder
Verwandten hat.

Nun, vielleicht gibt es noch illegale Reisemög-
lichkeiten. Ich hoffe es von ganzem Herzen. Ich
habe – oder hatte – einen älteren Bruder, von
Beruf Mechaniker. Man weiss, dass diese jungen
Männer manchmal wie toll sind, und es wird
ihnen oft zum Verhängnis. Mein Bruder und
zwei seiner Freunde hatten auf dem elterlichen
Hof des einen Freundes einen versteckten Personenwagen gefunden. Aus der Zeit vor der
Letzten Revolution. Es war den Burschen gelungen, das Vehikel fahrbar zu machen und sich
Treibstoff zu beschaffen. Und dann waren sie in
den Sommernächten herumgefahren, bis sie von
der Polizei gestellt wurden. Und zwar von einer
motorisierten Patrouille, die aufgrund der Ge-
rüchte über Geisterfahrten unsere Gegend kon-
trolliert hatte. Die Beamten hatten sofort

geschossen. Das Fahrzeug ging in einem Graben in Flammen auf, die Kollegen meines Bruders kamen um. Er selbst war verschwunden. Zwei Nächte später klopfte er an mein Fenster. Ich liess ihn ein. Er packte einen Rucksack voll mit Kleidern, ich beschaffte ihm im Vorratsraum Esswaren. Zum Abschied umarmte er mich, und dann verschwand er für immer. Ich verstand damals nichts. Mein Vater schärfte mir ein, nie jemandem davon zu erzählen. Und ich werde es nie tun, auch wenn mir immer, immer, wenn ich mit meinen Gedanken allein bin, mein Bruder einfällt.

Wir sprechen in der Familie nicht über ihn, aber wir vermissen ihn alle. Ob er noch lebt? Wo er wohl ist? Die Welt sieht seit der Letzten Revolution in Europa, Nordamerika und der nördlichen Hälfte von Asien gleich aus. Das heisst, er kann sich nirgendwo verstecken in dieser kleinräumigen, überschaubaren, einfachen Welt. Vielleicht ist er nach Afrika entkommen. Dort, wo seinerzeit die Pflanzendroge Gutgutgut bei einem unerhört gesunden Pygmäenstamm entdeckt worden war.

Afrika. Das Wort verzaubert mich. Auch wenn ich weiss, dass ich nie, nie dorthin gelangen werde. Der vorrevolutionäre, umweltschädliche Tourismus ist abgeschafft, wie alles Umweltschädliche überhaupt. Nur noch die Teams des Fernsehens werden auf die Reise ge-

sandt, um uns in der einen täglichen Sendestunde von der Welt zu berichten. Ich mag diese
Sendestunde nicht. Sie ist obligatorisch, seit die
höheren Schulen und die Kulturstätten als überflüssig erkannt und abgeschafft worden sind.
Diese Fernsehsprecher haben einen unangeneh-
men, eifernden, belehrenden Ton. Genau wie
der Polizeichef, der uns in der Schule regelmäss-
sig Unterricht in Gesellschaftskunde und Recht
gibt. Oder der Priester, der uns die Lehre der
Umweltkirche vermittelt. Bei ihnen allen lautet
jeder zweite Satz, „… und das ist heutzutage
viel, viel besser als vor der Letzten Revolution".

Der einzige, der diesen Ton nicht anschlägt,
ist unser eigentlicher Lehrer, Herr Weissdorn. Er
erzählt ruhig, ganz sachlich, über die vorrevolutionäre und die heutige Zeit. Ohne zu erkennen
zu geben, was er selbst billigt oder missbilligt.
So, als wollte er es uns überlassen, die Welt zu
beurteilen. Ich liebe Herrn Weissdorn. Ich weiss,
dass er eine riesige Sammlung von Büchern besitzt, die einzige unserer Gemeinde. Jede Woche
darf ich eines ausleihen. Ich interessiere mich
sehr für die vorrevolutionäre Zeit, welche, wie
der Priester unermüdlich betont, der Umwelt
und den Menschen nicht gerecht wurde. Ich
weiss auch, dass Herr Weissdorn deswegen einmal Schwierigkeiten mit der Polizei bekam.
Aber die Gemeinde, allen voran mein Vater –
und das macht mich stolz – stellten sich ge-

schlossen hinter ihn. Unser Polizeichef konnte nichts ausrichten. Das war, als ich noch ganz klein war. Nur ganz schwach kann ich mich an die Versammlungen in unserer Stube erinnern, die am Abend beim Schein der Kerzen und bei Mutters berühmtem Weizenbier stattfanden.

In einigen Jahren wird sich das Problem mit Herrn Weissdorn, falls es heute noch eines ist, erübrigt haben. Herr Weissdorn dürfte in drei Jahren tot sein. Ich schätze ihn auf zweiundvierzig. Mit fünfundvierzig sterben wir alle. Das heisst, ich habe noch dreissig lange Jahre vor mir. Mein Vater zehn, meine Mutter neun. Mein Bruder, wenn er noch lebt, fünfundzwanzig. Diesen eingeplanten und praktisch sofortigen Tod (der Körper altert innert Tagesfrist um vierzig Jahre und zerfällt dabei, alles völlig schmerzlos) verdanken wir ebenfalls der Pflanzendroge Gutgutgut, mit der wir alle geimpft sind. Eigenartig, als man diesen von Gesundheit strotzenden Pygmäenstamm entdeckte, die Ursache seines Befindens analysierte und die Pflanzendroge Gutgutgut fand, fiel niemandem auf, dass es im Stamm keine alten Menschen gab. Erst als die gesamte Bevölkerung der Industrieländer geimpft war – die Droge entstammt einem einfachen Gras, das sich überall anpflanzen lässt und gut gedeiht, sodass ihre Beschaffung nie zum Problem wurde – zeigte sich der Effekt des vorzeitigen Todes. Allerdings erst nach einein-

15

halb Jahren. Solange brauchte die Droge, um in den Körpern erwachsener Menschen wirksam zu werden. Plötzlich starben die Menschen wie die Fliegen. Alle, die fünfundvierzig und darüber waren. Darunter meine Urgrosseltern. Und sämtliche damals noch lebenden, später umweltselig gesprochenen Grossen Vorbilder. Als Folge davon brach das Wirtschaftssystem zusammen, und die Letzte Revolution wurde eingeläutet, wie jedermann weiss.

Heute leben wir ein einfaches und glückliches Leben. Ein segensreicher Nebeneffekt von Gutgutgut ist, so unser Priester in seinem Unterricht, dass die menschlichen Triebe gedämpft werden. Ihre Intensität ist nach Erkenntnis der Umweltkirche auf einen Zehntel des früheren Wertes herabgesetzt. Das macht uns glücklich und frei, sagt der Priester. Nur noch in der Pubertät durchlebe der Mensch eine Phase der Unsicherheit. Deshalb kämen wir während dieser Zeit alle zu ihm in den Konfirmationsunterricht. Ich weiss, was der Priester damit meint. Diese Unsicherheit ist es, die mich Afrika ersehnen lässt. Ich weiss, dass das Leben dort nicht so glücklich ist wie bei uns. Die Impfaktionen mit Gutgutgut wurden dort nie systematisch durchgeführt. Und das heisst, dass es dort Situationen gibt, mit denen wir nicht mehr vertraut sind. Ungehemmte Triebhaftigkeit. Krankheiten. Die Gefahr eines ungeordneten Gesellschaftssystems, wie sie uns der Polizeichef in seinem Unterricht schildert. Dennoch, es zieht mich dorthin. Bei uns gibt es keine Geheimnisse mehr. Bei uns haben Polizei und Umweltkirche die Folgen des Zufalls in den Griff genommen. Nachdem alles Umweltschädliche eliminiert wurde, ist bei uns alles einfach, überschaubar und paradiesisch geworden. Ich fürchte, das ist der Grund, dass es mich nach Afrika zieht, wenn ich hier oben sitze und über das weite Land schaue, im Dunst des blauen, hellen Frühlingstages. Und in einem Jahr, wenn meine Pubertät vorbei sein wird, werde ich nicht mehr hierherkommen. Ich werde die Sehnsucht nach Afrika nicht mehr verspüren, sondern werde vernünftig und erwachsen sein.

(Erschienen in den „Brugger Neujahrsblättern" 1991)

Grosser Feiertag im Rütlirevier

Nachdem die letzte, wüste Pest die Menschheit vollständig dahingerafft hatte, konnten sich die Känguruhs über die ganze Erde ausbreiten. Wie schon die Hunde und Hasen. Diese drei Arten beherrschten die Welt, dank ihrer erdrückenden Mehrheit. Die übrigen Tiere waren zwar nicht verschwunden. Aber sie standen ausserhalb der Gemeinschaft, die sich aus Känguruhs, Hunden und Hasen zusammensetzte. Die Rinder waren zu dumm, um dazu zu gehören. Sie fristeten weiter ein Dasein als Nutztiere. Die Füchse waren zu schlau. Die Ratten hatten sich zur beliebten Delikatesse für die Hunde entwickelt. Einige Exoten wurden in eingezäunten, sogenannten bestiologischen Gehegen gehalten, um sie bei Gelegenheit den Jungen zu zeigen und diesen zu drohen: „Wenn ihr nicht brav seid, werdet ihr bei Nacht und Nebel von den Affen aus der elterlichen Höhle in die Wildnis verschleppt und dort von den Löwen gefressen."

Im Rütlirevier, so genannt nach einer ziemlich saftigen Weide am Vierwäldersee, war es Sommer geworden. Es nahte der grosse Feiertag. Nicht jener, der dem heiligen Stier – dem Wappentier des Rütlireviers – gewidmet ist, denn der wird bereits am ersten Tag des Stiermondes, des Mai, begangen. Sondern jener, der in die Erntezeit fällt, wenn die wilde Gerste eingesammelt wird. An dem sich, so die Überlieferung, im Rütlirevier der Zusammenschluss der Känguruhs, Hunde und Hasen zur ewigen Gemeinschaft jährt. Überall wurde das Fest vorbereitet. Sein Höhepunkt war die Ansprache des Grossen Vorsitzenden. Es handelte sich um ein altes Wallaby–Känguruh, das der Rütlirat vor einem Jahr in dieses hohe Amt gewählt hatte.

Die Ansprache des Grossen Vorsitzenden besass eine lange Tradition. Ihr Zweck war es, die Rütlitiere daran zu erinnern, was dem Revier im vergangenen Sonnenzyklus widerfahren war, und ihnen darüberhinaus allgemeinen Trost zu spenden. Wer nicht durch Krankheit, Alter oder Dienst verhindert war, versäumte es nicht, sich die Ansprache anzuhören. Die Tiere kamen aus allen Ecken des Reviers und versammelten sich auf der Rütliwiese, und wenn der Zeitpunkt der Rede nahte, schrien sie: „In den Rahmen, in den Rahmen!"

Dieser Schrei ging auf ganz alte Überlieferung zurück. Die Hunde, die den sagenhaften Menschen am nächsten gestanden hatten, hatten berichtet, dass immer, wenn die Nervosität stieg und etwas Bedeutendes vorging, die Menschen in den Rahmen glotzten, der in ihren Wohnhöhlen stand und flimmerte, bis schliesslich darin ein menschlicher Grosser Vorsitzender erschien und sie beruhigte. Diese Überlieferung hatte die Tiere mächtig beeindruckt und bewirkt, dass Reden wie jene des Grossen Vorsitzenden ebenfalls durch den Rahmen stattfinden mussten. Es handelte sich um einen viereckigen Trichter aus glattem Holz, eine Hundelänge tief. Der Redner sprach ins kleinere Ende des Trichters, gerade so gross, dass die lauschende Menge seinen Kopf sah, und seine Worte wurden auf wunderbare Weise verstärkt, sodass selbst weiter entfernt stehende Tiere sie vernehmen konnten.

Die Idee hierzu stammte übrigens – so die Sage – von einem durchreisenden Fuchs, der, nachdem er den ihm für seine Erfindung versprochenen Lohn hatte einkassieren wollen, von einer anonymen Gruppe von Hunden zerrissen worden war. Bedauerlich, aber das lag, dem Einhorn im Himmel sei Dank, schon weit zurück.

Der Grosse Vorsitzende drückte sich, wie alle Tiere der Gemeinschaft, in einer von den Hunden überlieferten, angeblich auf die sagenhaften Menschen zurückgehenden Sprache aus. Gemäss den Hunden hatten die Menschen immer geglaubt, sie seien als einzige der Sprache mächtig. Ein historischer Irrtum! Die Tiere waren die ganze Zeit über, da die Menschen auf dem Planeten den Ton angaben, nur wegen des die Welt umtosenden menschlichen Geschwätzes stumm geblieben. Und hatten, gleich nachdem der letzte Mensch zum Einhorn im Himmel versammelt worden war, angefangen zu sprechen. Anfänglich nicht gerade zungengewandt, zugegeben. Doch mittlerweile hatten sie das menschliche Gesprächsniveau in jeder Hinsicht erreicht. Allerdings traf dies nicht für alle Tiere zu. Es gab nämlich nur zwei Sprachgemeinschaften: Jene der Känguruhs, Hunde und Hasen sowie jene der Füchse. Die zweite Sprache war dem Vernehmen nach komplizierter.

Diese Füchse! Sie waren und blieben ein Sonderfall. In der Gemeinschaft der Känguruhs, Hunde und Hasen waren sie wegen ihrer Schlauheit verhasst. Es gab nichts, was die anderen Tiere den Füchsen nicht vorwarfen: Herrschsucht, Unterwürfigkeit, Geiz, Verschwendungssucht, Verlogenheit, übertriebene Ehrlichkeit und so weiter. Zudem sagte man ihnen nach, sie seien an der Verbreitung der Tollwut sowie weiterer schrecklicher Krankheiten schuld. Der Heilige Vaterhase, der in den ewigen Katakomben weit südlich des Rütlireviers residierte, hatte die Füchse vor vielen Sonnenzyklen aufgefordert, sich anzupassen und wie die Hunde zu werden. Die Füchse, in ihrer Arroganz, hatten darauf bestanden, ihre Eigenart beizubehalten. Darauf waren die Hunde daran gegangen, die Füchse weltweit auszurotten. Sie hätten es beinahe geschafft. Es gab eine Zeit, da wurden die Füchse überall in Wäldern zusammengetrieben und diese abgebrannt.

Trotz methodischem Vorgehen hatten die Hunde nicht alle Füchse erwischt. Und inzwischen hatten sich die meisten Füchse der Welt in ein eigenes Revier zurückgezogen, das sie erfolgreich zu verteidigen wussten. Derzeit herrschte Ruhe, aber wann immer irgendwo ein Fuchs einen Hund biss oder sich gar an einem Känguruh vergriff, erhoben die Tiere ein grosses Geschrei und schlugen ein paar der in den übrigen Revieren gebliebenen Füchse tot, was allgemein Genugtuung bereitete.

Die Stimmung auf der Rütliwiese an diesem wunderschönen Sommertag war heiter und erwartungsvoll, die Menge der Känguruhs, Hunde und Hasen unübersehbar. Am Rande der Wiese wurden Maiskolben für Känguruhs und Hasen gesotten, während Bündel von leckeren, gebratenen Ratten, an den Schwänzen zusammengebunden ins Feuer gelegt, den Hunden das Wasser im Maul zusammenlaufen liessen. Dazu gab es Bier aus wilder Gerste und für die Jungen Saft von gepressten Karotten.

Nun ging ein Raunen durch die Menge. Die Tiere begannen, mit den Pfoten auf den Boden zu trommeln: Der Grosse Vorsitzende näherte sich, begleitet von zwei jungen Känguruhweibchen mit seidigem Pelz und klaren Augen sowie einer Schar übereifriger junger Rüden, welche für Platz sorgten. „In den Rahmen, in den Rahmen", schrien die Tiere, als das alte Wallaby auf das Podest hinter dem Holztrichter stieg.

Der Vorsitzende räusperte sich, was durch den Trichter gar schrecklich tönte. Zwar hatte ihm seine Frau noch geraten, sich vor der Besteigung des Podests auszuräuspern, doch hatte er dies vergessen, denn schliesslich war auch er ein wenig nervös. „Es ist jedes Jahr dasselbe", knurrte der Chef der Garde seinen Rüden zu. Doch diese reagierten nicht, da sie damit beschäftigt waren, in erhabener Gleichgültigkeit um das Podest herumzustolzieren, um einigen in der vordersten Reihe liegenden Hundemädchen zu imponieren.

„Freunde", begann der Grosse Vorsitzende, „Känguruhs, Hunde, Hasen, ja, alle übrigen Tiere sind heute angesprochen, selbst die verschwindende Minderheit der noch unter uns lebenden Füchse wollen wir nicht vergessen! So gehört es zum Geist des echten Animismus und der rütlitierischen Solidarität, denen wir verpflichtet sind! Nun denn, was hat uns der vergangene Sonnenzyklus gebracht? Ich möchte sagen, teils Gutes, teils Schlechtes! Wie ihr wisst, produzieren wir die besten Sanduhren der Welt. Und zwar allein durch unserer Pfoten Arbeit, denn den Sand muss unser an Rohstoffen armes Revier bekanntlich einführen. Wie ihr euch erinnert, blieben die von uns benötigten Sandlieferungen zur Zeit der Kälte aus. Die Uhrenproduktion geriet ins Stocken. Der Grund dafür war ein Krieg in jenem weit entfernten Revier, aus dem unser Sand stammt. Der Rütlirat begann bereits, sich grosse Sorgen zu machen. Doch dem Einhorn im Himmel sei Dank! Der Krieg, der uns nicht das geringste anging, wurde beendet, und der Sand ist wieder da."

Die Rütlitiere atmeten erleichtert auf. Der Grosse Vorsitzende fuhr fort: "Doch dies war, Freunde, nicht die einzige Klippe, die es zu umschwimmen galt. Wir sind berühmt für die Milch unserer Kühe, die wir säuern und dann in die benachbarten Reviere liefern. Ihr könnt sicher sein, dass man uns dort um deren Qualität beneidet. Wie anders liessen sich die Forderungen gewisser Aussenreviere, in denen es keine Milchwirtschaft gibt, erklären, die darin gipfeln, unseren Kühen die Gleichberechtigung zu erteilen und sie in die Gemeinschaft der Känguruhs, Hunde und Hasen aufzunehmen? Dabei handelt es sich bekanntlich um dumme, sprachlose Nutztiere! Die wir gut halten wollen, damit sie reichlich Milch geben. Aber Gleichberechtigung? Nie und nimmer, sagt euer Rütlirat! Glücklicherweise kam uns der Heilige Vaterhase in den ewigen Katakomben zu Hilfe, indem er entschied, dass Nutztiere nicht wie die Tiere der Gemeinschaft behandelt werden müssen, weil sie, anders als wir, keine Seele haben. Unsere

24

Sauermilch und unsere Sanduhren konnten im vergangenen Sonnenzyklus somit erfolgreich exportiert werden. Nicht zuletzt deswegen ist der Rütlirat in der Lage, euch heuer Maiskolben, Ratten und Getränke gratis abzugeben!"

Die Rütlitiere trommelten Beifall, und wer gerade einen Maiskolben oder eine Ratte in den Pfoten hielt, biss dankbar zu. Dann folgte ein schrecklicher Ton aus dem Trichter: Der Vorsitzende hatte sich erneut geräuspert. „Entschuldigt, Freunde. Ich muss mich sammeln, denn wieder wird es ernst. Eine besondere Gefahr zeichnet sich schon seit einigen Sonnenzyklen ab. Sie droht uns vom Reiseverkehr zwischen den Aussenrevieren, der mitten durch unser eigenes Revier geht. Der Rütlirat hat festgestellt, dass schon heute unsere Alpentäler unter den Fäkalienbergen zu versinken drohen, welche die Durchreisenden am Wegrand zurücklassen. Gewiss, auch wir Rütlitiere reisen gerne, doch sind wir wenige, und jene sind viele! Der Rütlirat hat deshalb beschlossen und dies auch den Aussenrevieren mitgeteilt, dass wir uns weigern, die bestehenden Trampelpfade auszubauen. Damit wird der Weg durch unser Revier unattraktiv. Zwar werden wir selbst darunter leiden, doch fiel uns keine bessere Lösung ein."

Die Tiere tauschten nachdenkliche Blicke aus, waren sie doch auf eben diesen Trampelpfaden zur Rütliwiese gelangt. Sätze wie „das letzte

Wort ist noch nicht gesprochen" und „das muss nochmals genau überprüft werden" wurden in der Menge laut. Doch dann wandte sich die Aufmerksamkeit wieder dem Redner zu. Er war dabei, ein besonders delikates Thema anzuschneiden: „Nach dem Willen der Vereinigten Reviere sollen wir allen Tieren die Grenzen unseres Reviers öffnen, und dies schon in wenigen Sonnenzyklen. Zudem fordert man von uns, Tiere aus weiter entfernten Revieren, die angeblich dort verfolgt werden, bei uns aufzunehmen. Nun sagt mir, wie kann unser schönes Rütliland noch mehr fremde Tiere beherbergen, ohne dass wir unsere kostbare Eigenart verlieren?" Ein empörtes, wenn auch unterdrücktes Geheul ging durch die Menge. „Ruhig, liebe Freunde, ruhig. Der Rütlirat hat eine Lösung gefunden. Wir werden selbst alles tun, um uns kräftig zu vermehren! Damit kommen wir zugleich dem Willen des Heiligen Vaterhasen in den ewigen Katakomben nach, der von der Gemeinschaft der Tiere stets gefordert hat, keine Brunst auszulassen, um Junge zu machen! Seid guten Mutes und folgt diesem Gebot!"

Begeisterter Beifall brandete auf, doch der Vorsitzende bat mit den Pfoten beschwichtigend um Ruhe. „Gleich bin ich am Ende meiner Rede. Lasst mich mit der Feststellung schliessen, Freunde, dass wir Rütlitiere auch im vergangenen Sonnenzyklus mancherlei Anfechtungen ausgesetzt waren, dass wir aber, teils durch die Fügung des Einhorns im Himmel, teils aus eigener Kraft, im Geist des echten Animismus und der rütlitierischen Solidarität, wieder einmal davongekommen sind, und dafür sind wir alle dankbar!"

Langer, nicht endender Beifall beantwortete die Rede des alten Wallaby, der das Podest verliess und, begleitet von den beiden jungen Känguruhweibchen sowie geschützt von der Garde der Rüden, zu dem für die Mitglieder des Rütlirates reservierten Fressplatz schritt. Die Rütlitiere fühlten sich nachhaltig erleichtert und getröstet. Die Ansprache hatte ihnen Kraft gegeben, die kommende Zeit der Kälte und der Unsicherheit durchzustehen, bis ein neuer Sommer kam, und dann würde man weiter sehen.

(1991)

Die Eidgenossen schlagen zurück

Ruth wäre lieber nicht hingegangen. Am Jahresende wütete in der Firma eine krankhafte Hektik, die sie auslaugte. Sie hätte den Abend lieber zu Hause verbracht. In ihrer Wohnung fühlte sie sich nie allein. Sie führte existentielle Gespräche mit ihrem längst verstorbenen Grossvater, dessen Porträt im Wohnzimmer hing, und manchmal redete sie mit ihrer Mutter, deren Foto auf dem Regal unter dem Bildnis des Grossvaters stand, zwischen zwei silbernen Kerzenleuchtern, ihrer einzigen Kostbarkeit, gerettet aus einer der Vernichtung preisgegebenen Welt. Ruths Mutter lebte mit ihrem zweiten Mann in Irland und hatte längst vergessen, dass es die Schweiz und ihre Tochter gab.

Ruth hatte diesen Grossvater nie kennengelernt. Gestützt auf die Schilderungen ihrer Mutter hatte sie sich von ihm ein Bild konstruiert, das zum Gemälde im Wohnzimmer passte: Grossvater als nachdenklicher, älterer Herr, der die Welt zu verstehen schien. Die Gespräche mit ihm ähnelten einem Schachspiel, jedem Zug folgte eine Pause des Grübelns. Mit dem Bild ihrer Mutter hingegen besprach sie Alltägliches, das Waschen der Vorhänge, den neuen Teekrug.

Nur mit ihrem Vater sprach Ruth nicht. Ihn

traf sie ein paarmal pro Jahr. Dann erzählte er aufgeregt und ohne innezuhalten von seinen höchst interessanten, aber nie erfolgreichen Geschäften, während seine müden Augen alles, was er sagte, Lügen straften. Erst beim Abschied fragte er, wie es ihr gehe, und gab sich gleich selber die Antwort, sie sehe glänzend aus, so zufrieden wie sie möchte er auch sein.

Ruth hätte sich Tee gekocht, sich ins Sofa gekuschelt, ein Buch gelesen oder Musik gehört. Und zwischendurch hätte sie mit dem Gedanken gespielt, sich eine Katze zuzulegen. Aber sie war unsicher, ob das gut gehen würde. Wenn sich eine derartige Unsicherheit meldete, wandte sie sich an Grossvater. Sie hatte das Gefühl, ihr Grossvater würde die Gesellschaft einer Katze befürworten, und hielt ihm entgegen: „Womit soll sich das Tier den ganzen Tag beschäftigen, wenn ich nicht hier bin?"

„Überlass das ruhig der Katze, sie wird sich schon zu helfen wissen. Und sei nicht böse, wenn du am Abend die Wohnung durcheinander findest."

„Nein, das Tier würde sich bestimmt langweilen und darunter leiden, und ich möchte keinem Wesen Leid zufügen."

Grossvater lachte mit brüchiger Stimme und meinte: „Ist schon gut, eine wertvolle Absicht, auch wenn du es vermutlich nicht immer schaffst. Wir Menschen sind fehlerhaft konstruiert, unglücklich und zerstörerisch, aber wir müssen wenigstens danach streben, einander leben zu lassen, lass dich nicht entmutigen."

Ruth betrachtete sich im Spiegel, fand sich in ihrem kurzen Kleid zu attraktiv für die Kollegen. Sie dachte ironisch, ich will nicht einmal diesen eingebildeten Berufsmännern ein Leid zufügen, und ging sich umziehen. In engen Jeans und Pullover wirkte sie gefällig, aber unauffällig.

Im grossen Saal des Restaurants herrschte Ausgelassenheit, das Weihnachtsfest der Firma war in vollem Gang. Es hatte ruhig angefangen, weil alle zuerst über das Essen hergefallen waren, doch nun waren die Teller abgeräumt, auf den Tischen sammelten sich Wein– und Schnapsflaschen, Gläser und Kaffeetassen. Die Gäste waren in Hitze geraten, ihre Gesichter glänzten rot, sie sprachen immer lauter und lachten röhrend über die immer anzüglicheren Witze.

Ruth hatte nichts zu sagen und lachte kaum mit. Sie begann den Lärm als unerträglich zu empfinden. Sie sass am selben Tisch wie Vogeler, Christen, Grepp, Frau Hanselmann und der junge Löwenstein. Frau Hanselmann, mit der sie das Büro teilte, hatte es so eingerichtet, dass sie beisammen blieben, und Jonas Löwenstein hatte sich im letzten Augenblick dazu gesetzt. Er verfolgte Ruth mit einer traurigen Beharrlichkeit, doch sie hielt ihn auf Abstand. Sie verspürte eine unbestimmte Angst, sich mit ihm einzulassen, wie wenn sie sich schon mit dem ersten freundlichen Wort bereits ganz verschenkt hätte. Christen schielte zu Löwenstein hinüber und bemerkte zu Vogeler, „ein unmöglicher Menschenschlag, nie zufrieden, können sich nie bescheiden geben, sie passen einfach nicht zu uns."

Vogeler grinste und lallte, „sagdas... sagdasnich, siehabn... habnimmerhinwunnerschööne Fraun."

„Mag sein, aber darauf kann ich verzichten", antwortete Christen. „Ich jedenfalls habe einen Leserbrief geschrieben und denen geraten, ihre frechen Forderungen zu vergessen. Es gab genug schweizerische Familien, die damals Flüchtlingskinder aufnahmen. Wenn man jemanden entschädigen will, dann in erster Linie diese Schweizer und nicht die Artgenossen unseres schlauen sogenannten Kollegen."

„Es war richtig", meinte Frau Hanselmann, „dass man sie gezwungen hat, für einander zu sorgen, mit all dem Reichtum, den sie uns gewöhnlichen Menschen verdanken. Schliesslich schanzen sie sich auch immer alle guten Geschäfte zu."

„Die haben meinen Brief nicht abgedruckt", fuhr Christen weiter. „Vermutlich ist die Redaktion bereits durchseucht, in der Presse soll es diesbezüglich besonders schlimm sein."

Frau Hanselmann hängte sich kichernd bei

Vogeler ein und sprach zu Löwenstein, „na, was meinen Sie dazu, als Fachmann?"

Vogeler und Christen lachten dröhnend. Grepp sagte, „ach lasst ihn doch, er kann ja nichts dafür."

„Behaupten ausgerechnet Sie, als Deutscher", fuhr Christen ihn an.

„Machdasdoch undereinanderaus unlassduns in Friedn", brummte Vogeler.

Frau Hanselmann erklärte, „natürlich spielt er hier den harmlosen Kollegen, aber die halten alle zusammen wie Pech und Schwefel."

„Haldedihnvon... vonnen Archivenfern", rief Vogeler und grinste stolz in die Runde.

Löwenstein blickte Frau Hanselmann ruhig an und sagte nichts. Am Tisch war es plötzlich still. Ruth dachte, sie betrachten uns nicht als Menschen, sondern wie ein Massenwesen mit einem einzigen Gehirn, und wie wir sind, tut nichts zur Sache, denn sie wollen uns so haben, als leicht auszumachende Fremdkörper. Allerdings hätte niemand bei Ruth eine ungewöhnliche Herkunft vermutet, weder ihr Aussehen noch ihr Name erweckten Zweifel.

„Na los, Löwenstein", rief Christen, „antworten Sie, oder müssen wir Sie Anstand lehren?"

„Müsenihm... müsenihmwaszahlen", lallte Vogeler, „sonstge... geruhdernichden Mundaufzudun."

„Was genau wollen Sie wissen, Frau Hanselmann?" fragte Löwenstein.

„Ich will wissen, weshalb ihr uns kaputtmachen wollt, unsere Banken, unsere Regierung."

„Wollnunsdieguden Geschäfdewegschnabben", brummte Vogeler vor sich hin, bevor ihm das Kinn auf die Brust sank und er einnickte.

„Ich will überhaupt niemanden kaputtmachen", sagte Löwenstein. „Ich finde bloss, wie sich die Behörden während des Krieges uns gegenüber verhalten haben, ist weder korrekt noch menschlich, und die Flüchtlingsgelder können sich unsere Banken doch nicht einfach aneignen, die gehören den Nachkommen ausbezahlt oder für humanitäre Zwecke eingesetzt."

Christen lehnte sich zurück, holte Luft und erklärte: „Erstens haben Sie es unseren Behörden und unserer Armee zu verdanken, dass es Sie noch gibt, und wenns ums Begleichen von Schulden geht, dann bezahlt erst einmal uns, mein Vater zum Beispiel hat über tausend Tage Aktivdienst geleistet –"

„Meiner auch", unterbrach ihn Löwenstein.

„Soso, und wo denn, wenn ich fragen darf, etwa bei der Kriegskasse?"

Ruth hörte fassungslos zu, getroffen von den vergifteten Pfeilen, die Löwenstein galten und die sie zusammen mit ihm auffing. So oder ähnlich mussten jene argumentiert haben, die ihrem Grossvater die Einreise verweigert und ihn in die Hölle zurück geschickt hatten. Bisher hatte sie diese Vorgänge nur vage wahrgenommen. Nun spielten sie sich auf einmal wirklichkeitsgetreu vor ihr ab. Sie registrierte alles und war von Löwenstein beeindruckt, weil er gelassen blieb, nicht bereit, von seinem Selbstbewusstsein abzurücken, das Frau Hanselmann, wenn allein mit Ruth im Büro, als für diese Leute typische Arroganz bezeichnete. Löwenstein antwortete: „Als Grenzsoldat, und ihr Vater?"

„Mein Vater diente immerhin jahrelang im Stab von Divisionär Bircher, und darauf bin ich genau so stolz wie er es war."

„Oh je, das erklärt vieles."

„Geben Sie acht, was Sie sagen, von Ihnen muss ich mir das nicht anhören."

„Höchste Zeit, dass Sie sich das anhören müssen, denn was Sie von sich geben, müssen wir uns seit Jahrhunderten anhören, jede Generation von neuem."

Nun mischte sich Frau Hanselmann wieder ein: „Sie sind meiner Frage ausgewichen, wie ihr es immer tut, und ich will Ihnen jetzt einmal etwas sagen, ich finde es unerträglich, dass dieser Mafioso aus New York und der dubiose Verein hinter ihm plötzlich uns Schweizer angreifen, dazu besteht kein Grund. Es gibt nichts, über das wir uns zu schämen brauchen, die sollen sich gefälligst an die Deutschen halten und überhaupt zuerst vor der eigenen Türe kehren, mit ihrer Todesstrafe und ihren Rassenproblemen, oder mal dafür sorgen, dass in Palästina Gerechtigkeit einkehrt."

Ruth fühlte Ekel aufsteigen und bereute es, nicht daheim geblieben zu sein. Sie dachte, oh doch, einige von euch sollten sich über ihren schmutzigen kleinen Hass schämen, aber sie merken gar nicht, was sie anrichten, sie sind nämlich nie betroffen, weil sie immer zur Mehrheit gehören. Sie wollte aufstehen und sich verabschieden, doch da schlug Grepp die Faust auf den Tisch, so dass Frau Hanselmann zusammenzuckte, und schrie, „alles was recht ist, ihr Schweizer seid Weltmeister darin, dauernd andere Völker zu verurteilen, ihr schmort in Selbstgerechtigkeit und flickt allen am Zeug rum, ich muss sagen, da stört es mich nicht, wenn ihr selber einmal drankommt."

Der Lärm hatte Vogeler geweckt. Er neigte sich zu Ruth, die vor ihm zurückwich, doch Vogeler liess sich nicht beirren. Er erklärte, „hörzu Mädchen, dugehörssins... ins Bettchen, unheudewirdichder Onkel... derguude Onkel Fritz nachhausbringen... underbinich." Er schaute prüfend in die Runde und grinste erfreut.

Frau Hanselmann sagte spitz, „Sie haben die Rückfahrt eigentlich mir versprochen." Sie rückte von ihm weg und näher zu Christen, der sie einfach zu Vogeler zurückschob und bemerkte, „natürlich hält der Fritz sein Versprechen, und nur keine Angst, verehrte Kollegin, der Fritz ist so voll, der wird heute Nacht seinem Namen nicht mehr gerecht, und um das Ruthchen werde ich mich selber kümmern."

Er lachte laut, während Vogeler ihn schwächlich in die Seite boxte. Frau Hanselmann war rot geworden. Sie rief: „Aber sicher erwartet Sie Ihre liebe Frau daheim."

„Ach was, ich hab mich abgemeldet."

Ruth stand auf, ergriff ihre Handtasche und wandte sich an Löwenstein.

„Jonas, bringst du mich nach Hause?"

Löwenstein zuckte überrascht zusammen und sagte schnell, „aber natürlich, gern."

„Gleich jetzt?"

„Aber sicher", sagte Löwenstein und erhob sich.

Ohne weitere Worte zu verlieren, verliessen sie den Saal, in dem die Belegschaft noch immer ausgelassen lärmte, während in der Gaststube des Restaurants das Servierpersonal mit müden Bewegungen am Aufräumen war. Sie wickelten sich in ihre Mäntel und traten in die eisige Nacht hinaus. Es hatte zu schneien begonnen, der Schnee hüllte die Welt nachsichtig in eine Decke aus weisser Unschuld. Ruth schob ihre Hand in Jonas Löwensteins Manteltasche, ihre Finger verflochten sich. Eng aneinander gedrängt, zu einem Wesen verschmolzen, schritten sie durch den Vorhang aus Schneegestöber davon.

(1997)

Blick aus dem Fenster

Nachdem ihr Mann und die Kinder aus dem Haus waren, räumte Esther erst die Küche, dann den Rest der Wohnung auf. Um neun machte sie Pause, trank Tee und las die Zeitung. Ihr Mann überflog beim Morgenkaffee nur kurz die internationalen Nachrichten. Doch Esther las gründlicher.

Sie war sich bewusst, dass es Meldungen, Analysen sowie redaktionelle Meinungsäusserungen gab. Ihre Zeitung bemühte sich, diese Sparten nicht zu vermischen. Dennoch verriet manchmal eine Wortwahl, dass hier die Meinung des Journalisten ins Spiel kam.

Zur Zeit dominierten Beiträge zur Frage der nachrichtenlosen jüdischen Vermögen auf Schweizer Banken. Schon bald stiess Esther, bereits zum zweiten Mal innert Wochen, auf das fett gedruckte Wort „feilschen". Wer feilschte da wohl? Kantonsregierungen um Bundesbeiträge? Fussballvereine um Transfersummen? Spediteure um eine Strassengebühr? Wie beim früheren Artikel stellte sich heraus, dass dieses Wort ausschliesslich mit jüdischen Organisationen in Verbindung gebracht wurde. Es schien, als kämen lange nicht mehr angewandte Begriffe, die ein giftiger Hauch umwehte, wieder in Mode.

Esther lehnte sich zurück und dachte nach. Feilschte sie, wenn ihr der Preis für eine Leistung ungehörig erschien? Keineswegs, anders als ihre nichtjüdischen Freundinnen. Diese feilschten bedenkenlos. Trotzdem hiess es gemeinhin, dass Juden feilschten. Esther dachte nach, und ihr kamen all die verpönten Eigenheiten in den Sinn, die den Juden seit Jahrhunderten angedichtet wurden. Sie wusste genau, dass es sich um allgemein verbreitetes Tun handelte, von Juden und Nichtjuden praktiziert, aber dass es, weil als negativ empfunden nur auf die Juden projiziert wurde. Und sie wusste gleichzeitig, dass diese Einsicht nichts galt.

Dann kam sie zu den Leserbriefen. Hier war Empörung angesagt. Hatte denn nicht die Schweiz sehr viel für die Flüchtlinge dieses Volkes getan? Ein bisschen Dankbarkeit wäre angemessen, fand man. Esther erinnerte sich, dass damals ausgerechnet die Kinder ihres Volkes von der Schweizer Kinderhilfe ausgeschlossen worden waren. Ja, die Schweiz hatte geholfen, aber nur unwillig und kleinlich. Und einige Schweizer hatten gar aus der jüdischen Not Kapital zu schlagen gewusst. Bei denen, die hier Dampf abliessen, fehlte diese Einsicht. Man widmete sich lieber der Beschimpfung des Volkes, wegen dem man der Schweiz nun den Spiegel vorhielt. Die empörten Leser zählten wieder einmal alle eingefleischten Vorwürfe gegen die Juden auf und fanden sie bestätigt.

Esther stand auf, trat zum Fenster und blickte in den neblig–trüben Wintertag hinaus. Die stille Natur lag in einer überwältigenden Gleichgültigkeit da. Der Heizkörper wärmte ihr die Beine, und ihr schien, als dringe ganz schwach die Sonne durch den Nebel. Es muss möglich sein, dachte sie, sich in einer feindseligen Welt eine warme Nische zu schaffen und sich die Lebensfreude zu bewahren.

(Erschienen in der „PEN-Anthologie 1998")

Mein antisemitischer Sommer

Manchmal scheint es, als ob Antisemitismus vor allem eine Angelegenheit von martialisch und mit Naziemblemen daher marschierenden Glatzköpfen oder von jungen randalierenden Moslems sei. Das ist nicht so. Antisemitismus gehört zur gesellschaftlichen Normalität. Antisemiten sind oft nette, hilfsbereite Menschen – nur bei den Juden rasten sie aus.

Im Sommer 2014 gab es einen kurzen Gaza–Krieg. Nachdem die Hamas rund 200 Raketen gegen Israel abgeschossen hatte, schlug die israelische Armee zurück. Klar, dass dies in der weiten Welt wieder eine antisemitische Welle auslösen würde.

Mein antisemitischer Sommer fing allerdings schon im Mai an, bei einem Abendessen auf dem Balkon. Wir führten ein angeregtes Gespräch, und irgendwann erklärte Marcel, die USA würden von Tel Aviv aus regiert. Das fasste ich zunächst als Witz auf. Ich schwieg dazu, bis er den Satz wiederholte, diesmal mit Nachdruck, Zustimmung heischend. Man hört diesen Spruch bisweilen auch in der Variante, die jüdische Lobby habe in den USA das Sagen – was nur zeigt, dass die Feindschaft gegen die Juden kaum zwischen Israel und der Diaspora unterscheidet.

Zieht man die politischen Strukturen der USA in Betracht, entpuppen sich beide Aussagen als hanebüchene Verschwörungstheorie. Die „Protokolle der Weisen von Zion" lassen grüssen.

Marcel bestritt allerdings, dass der Spruch antisemitisch sei und beteuerte heftig, er sei kein Antisemit. Er fühlte sich wegen des Vorwurfs gar ein wenig beleidigt. Dann erhitzte sich die Diskussion. Marcel bezeichnete die Juden als geizig. Als Beleg zitierte er die einst in Swissair–Kreisen herumschwirrende Legende, dass die Juden auf den Flügen Zürich–Tel Aviv alle Klosettrollen zu klauen pflegten. Darauf erklärte ich, dass ich hälftig auch zu diesem Club gehörte und erntete ein ungläubiges „Aber du bist doch gar nicht so!" Niedlich. Das „hälftig" überhörte Marcel geflissentlich. Nicht verwunderlich, denn die Mehrheit der Nichtjuden wendet heute noch unbekümmert die Nürnberger Rassengesetze an, wenn es um die Etikettierung der Juden geht.

Schliesslich lieferte Marcel eine Begründung für den Antisemitismus: Wenn ein Volk während einer so langen Zeit von allen Seiten abgelehnt wird, dann ist es selbst schuld daran.

Marcel ist ein freundlicher, erfolgreicher Banker. Im allgemeinen legt er grossen Wert auf politische Korrektheit. Vielleicht hat seine Ablehnung der Juden mit einer Tradition bei Bankern zu tun. Oder sie wurzelt in der Familientradition.

Wie auch immer, diese Begründung ist ein antisemitischer Klassiker geworden. Sie klingt ein bisschen nach Ingenieurlogik – wie wenn es darum ginge, menschliches Verhalten in einfach zu berechnende Formeln zu fassen. Zugegeben, die Erklärung ist sehr befriedigend, weil sie die Objekte des Antisemitismus gleichzeitig auch zu dessen Subjekten ernennt. Damit hat sich der Kreis geschlossen. Antisemiten werden gleichsam zu Opfern. Sie können schlicht nichts dafür, dass sie gegen die Juden mit Ablehnung reagieren.

Peinlich daran ist, dass alle Sorten von Antisemitismus – der religiös bedingte, der rassisch bedingte, die Ablehnung des Fremdartigen, derjenige aus Neid oder Konkurrenz oder auch schlicht aus Bösartigkeit – zusammengemixt werden. Ich habe dieselbe Begründung übrigens das erste Mal im Zusammenhang mit den Frauen gehört („wenn eine Minderheit [sic!] während Hunderten von Jahren unterdrückt wird, ist sie selbst daran schuld").

Unvermeidlich, dass sich auch der erwähnte Gazakrieg in meinem Sommer des Antisemitismus auswirkte. Diesmal bei einem Geburtstagsfest in einer sommerlichen Gartenwirtschaft. Nun ist es normal, wenn Israel unter dem Eindruck der Berichterstattung kritisiert wird. Aufhorchen liess mich erst der von Bernhard geäusserte antisemitische Klassiker, „Israel macht mit den Palästinensern dasselbe wie die Nazis mit den Juden". Wer sich mit dem Vorgehen der Nazis beschäftigt hat, weiss, dass der Holocaust einen völlig anderen Hintergrund und eine völlig andere Dimension hat als der Krieg zweier Völker um dasselbe Land.

Ich kenne Bernhard nicht näher, weiss nur, dass er etwa sechzig Jahre alt ist und das Gymnasium besucht hat. Eigentlich erstaunlich, dass er die Tragweite der Nazi–Gräuel nicht erfasst hat. Oder doch nicht erstaunlich? Denn die Aussage entspricht einem Bedürfnis. Sie erlaubt es, den Holocaust zu relativieren. Ein Befreiungsschlag für Nazis. Endlich dürfen sie ohne Schuldgefühle zu ihrem Weltbild stehen.

Auch hier erhitzte sich die Diskussion, besonders als ich konterte, wenn man die historischen Fakten zum Holocaust ignoriere, dürfe ich den Wahrheitsgehalt der laufenden Berichterstattung aus Nahost in Zweifel ziehen, denn dann habe jeder das Recht, das zu glauben, was er wolle. Da gefroren die Mienen, denn jetzt ging es um die Deutungshoheit. In Diktaturen wird sie mit Macht durchgesetzt. In einer Demokratie beanspruchen sie jene, die den Ton angeben oder dem Trend folgen.

Die nächsten Äusserungen folgten anlässlich des jährlichen Quartierfestes. Hier geriet ich mit Robert ins Gespräch. Robert ist ein heiterer Mensch, ein in die Jahre gekommener Hippie. Er erklärte, er interessiere sich für naturwissenschaftliche Fragen, und offerierte, schlau lächelnd, eine Alternative zur Gravitationstheorie: Wir werden nicht von der Erde angezogen, sondern von irgendetwas auf die Erde gedrückt. Mir kam das lustig vor. Aufhorchen liess mich, als Robert erklärte, der jetzige (!) Mond sei noch nicht so alt, er entstehe ja immer wieder von Neuem. Sogleich fiel mir dazu die Welteislehre von Ingenieur Hörbiger ein, an die auch hohe Nazis geglaubt hatten. Als er dann auch noch auf die Juden und ihren Einfluss zu sprechen kam und meinte, die Federal Reserve Bank der USA sei eine jüdische Privatbank („wird ja immer von Juden geleitet"), und in der Diskussion Präsident Roosevelt als Juden deklarierte, wie es vor allem die Nazis taten, da wurde mir klar, dass Robert im Internet auf den modernen Nazi–Webseiten surft, die immer noch dieselben alten Kamellen verbreiten wie damals.

Dass Robert diese Elaborate glaubt zeigt nur, dass es offenbar gar nicht so einfach ist, die in Medien und Internet angebotenen Informationen kritisch zu beleuchten und richtig einzuordnen. Viel einfacher ist es, sich der Meinung einer Peer Group anzuschliessen. Dort fühlt man sich aufgehoben. Ich habe Robert nicht gefragt, ob er ein Neonazi ist. Er hätte vermutlich entrüstet protestiert. Auch möglich, dass es ihm schlicht gefällt, sich mit solchen Sprüchen als unabhängig Denkender zu profilieren. Das zeigte zumindest seine feurige Verteidigung von Putins Aktionen, über die sich die andern Nachbarn mokierten. Ach ja, jeder darf glauben was er will, und schon sind wir wieder bei der Deutungshoheit.

Roberts Erwähnung der Juden hatte Elvezio gehört, der am Grillieren war. Er erklärte sogleich, dass die Juden eben „alles unterwanderten". Elvezio ist ein hilfsbereiter, arbeitsamer Mensch, der kaum jemandem etwas zu Leide tut. Er stammt aus Italien und neigt in vielen Belangen zu starken Vereinfachungen. Ihm könnte man antworten, dass es wohl eher die italienische Mafia sei, die vieles unterwandere.

Könnte es sein, dass die Ursache von Elvezios Denkweise der Wunsch eines unbeholfenen Menschen ist, irgend jemandem in der Welt die Schuld für alle Missgeschicke zuzuweisen? Offenbar haben viele Menschen so etwas nötig, denn in fast allen heutigen Gesprächen landet man unweigerlich bei einer Schuldzuweisung. Die üblichen Verdächtigen sind bekannt: die Juden, die Amerikaner, die Banker, die global tätigen Firmen. Afrikanische Politiker deklarierten gar Aids als ein Experiment des CIA. Für die Kindersterblichkeit in Entwicklungsländern wurde Nestle mit seiner Babynahrung verantwortlich erklärt.

Es wiederholt sich ein schon aus dem Mittelalter bekanntes Deutungsmuster, als man sich die Pest nicht erklären konnte und die Mär von den jüdischen Brunnenvergiftern erfand. Attraktiv dabei ist nicht nur die Möglichkeit, dem Erklärungsnotstand ein Ende zu setzen und ein scheinbar sicheres Weltbild wieder herzustellen, sondern sich dabei selbst aus der Verantwortlichkeit zu stehlen. Und manchmal können mit einem Schlag auch noch unliebsame Konkurrenten ausgeschaltet werden.

Danach sah ich ein, dass auch ohne Gaza–Krieg der Antisemitismus bei uns blüht. Und er wird dies solange tun, als bequeme Denkmuster gefragt sind und Eigenverantwortung verpönt ist.

(Erschienen in „Zwischenwelt – Zeitschrift für Kultur des Exils und des Widerstands", April 2015)

Augenschein in Eydtkuhnen

Dem Reisenden ist es endlich geglückt, in seinem immer stärker verwickelten Leben ein Zeitfenster zu öffnen, zehn Tage Freiheit, in einer Woche muss er die Gelegenheit wahrnehmen. Er wird reisen, das steht fest. Nur mangelt es ihm an einem Ziel – bis ihm in der Buchhandlung der Reiseführer „Königsberg" in die Hände fällt. Er erinnert sich und stöbert im Nachlass seiner verstorbenen Frau nach hundertjährigen Briefen, bis er ein Bündel findet, die Hälfte der Korrespondenz zwischen einem älteren Verehrer und einem jüngeren Fräulein. Die kleinformatigen Briefe stecken noch in ihren Umschlägen, und darauf steht als Absender ein Amtsgerichtsrat, wohnhaft an der Tragheimer Kirchenstrasse in Königsberg. Die Empfängerin seiner verblümten Werbung hiess Rose Schidorsky und lebte in Eydtkuhnen an der preussisch–russischen Grenze. Oft fuhr sie nach Königsberg, um zusammen mit ihrer Schwester und deren Mann ein Konzert oder Schauspiel zu besuchen. Dann durfte der Amtsgerichtsrat die jungen Leute begleiten.

Der Reiseführer baut die Vergangenheit auf der Gegenwart auf. Er enthält nicht nur den Stadtplan von Kaliningrad, sondern auch jenen des ehemaligen Königsberg. Der Reisende findet die Tragheimer Kirchenstrasse – heute Podpolkownika Iwannikowa, sowie das Amtsgericht, das jetzt das Technische Institut für Fischwirtschaft beherbergt. Und auf der Landkarte des Bezirks entdeckt er das Städtchen Eydtkuhnen, das von den Siegern in Tschernyschewskoje umbenannt worden ist. Sie haben die Ortschaften mit Namen von Kriegshelden oder Vasallen der Nomenklatura versehen, aber bei Eydtkuhnen haben sie Phantasie walten lassen. Tschernyschewski war Sozialist im 19. Jahrhundert und gilt als Theoretiker des Nihilismus.

Schon auf der Fahrt vom Flughafen nach Kaliningrad fällt dem Reisenden die kräftig wuchernde Natur auf. Die Wiesen sind von violetten Lupinen durchsetzt, und bei genauem Hinsehen gewahrt er, dass hier vieles, was gemeinhin als Unkraut gilt, ein geschütztes Exil gefunden hat. An die fruchtbare ostpreussische Landwirtschaft erinnern nur noch vereinzelte Schrebergärten und verstreute Herden von schwarzweissen Kühen. Zwischen den Kühen stolzieren ebenso schwarzweisse Störche herum, mit den Schnäbeln im Boden stochernd für die Brut, die im Nest auf dem nächstgelegenen Wasserturm hockt. Allerdings ist nirgendwo einen Zaun zu sehen in diesem Land, in dem die Menschen so lange eingezäunt vegetierten, dass die Schranken in ihren Köpfen weiter bestehen.

Die Sieger kamen als Rächer über das Land und wechselten das Volk aus. Nun leben hier noch eine Million Menschen, die Hälfte davon in der Hauptstadt. Sie stammen aus allen Provinzen des Sowjetreichs. Wenn er daran denkt, befindet sich der Reisende mitten in einer endlosen Geschichte vom Aufstieg der einen und vom Niedergang der andern. Diese besondere Geschichte springt ihm in die Augen, wo immer er hin blickt. Obschon inzwischen ein halbes Jahrhundert vergangen ist, ist alles noch frisch. Hier sind die Epochen nicht ineinander verwoben. Die Reste von Ostpreussen und seiner Hauptstadt Königsberg – der Wiege des preussischen Staats, die Lücken, die der Krieg in Städten und Dörfern hinterliess, die aufdringlichen Militärdenkmäler und die trostlosen Bauten der Nachkriegszeit existieren beziehungslos neben einander, sind nicht zu einem Ganzen geworden.

Das Königsschloss haben sie im Krieg zur Ruine geschossen und zwanzig Jahre danach gesprengt. Jetzt erinnern im Stadtzentrum nur noch der Dom und die alte Börse an die Vergangenheit. Der Dom wird mit deutschem Geld renoviert. Die Deutschen stellen die meisten Touristen und Investoren. Die Währung, an der alles gemessen wird, ist die Mark. Und schon beim Frühstück träumen ältere Herren laut von der Wiederinbesitznahme des im Krieg verspielten Landes.

Der Dom steht allein auf der Kneiphofinsel, umflossen von zwei Armen des Pregels. Am Ort des einstigen Stadtkerns dehnt sich eine Grünfläche aus. Die Insel dient als Skulpturengarten. Die Kunstwerke wollen vom Reisenden zwischen Baumgruppen und Gebüsch entdeckt werden – was die jungen Russen auf den Parkbänken belustigt. Die Sowjets haben über die Insel eine enorme Hochbrücke gespannt, die den nördlichen Teil des Leninskij Prospekts mit dem südlichen verbindet. Sie stellt den Dom in den Schatten, ebenso die alte Börse am südlichen Pregelufer. Diese dient heute als Kulturhaus für Seeleute. Das hängt mit der Funktion des Kaliningrader Bezirks zusammen, denkt der Reisende: Eisfreier Heimathafen der russischen Ostseeflotte und Standort eines gewaltigen Hochsee–Fischereikombinats, in dem die Fänge aus dem Nordatlantik verarbeitet werden.

Auf den Trümmern des Schlosses am nördlichen Pregelufer haben die Sowjets ein Wahrzeichen setzen wollen. Hier steht schwärzlich und verlassen das Haus der Räte. Das klotzige Gebäude erwies sich für den Untergrund aus Trümmern als zu schwer, die Hälfte senkte sich, es bildeten sich irreparable Risse, und nun steht die Ruine als Mahnmal da für irrtümlich angenommene Machbarkeit.

Flussabwärts von der Hochbrücke liegt ein ehemals deutsches Hotelschiff verankert, und hier bezieht der Reisende eine Kajüte, eng, einfach, sauber und mit allem Notwendigen versehen. Er streckt sich auf der Koje aus und hört intensives Gezwitscher. Er entdeckt in den eisernen Trägern des Oberdecks lauter Schwalbennester. Die Vögel beäugen ihn. Er erklärt ihnen, dass sie von ihm nichts zu befürchten haben, und sie gehen unbeirrt weiter der Aufgabe nach, die Jungen zu füttern. Zwei Tage später herrscht Grabesruhe, die Nester sind weggeputzt, wegen der deutschen Reisegruppe, die zwei Nächte an Bord verbringt. Der pensionierte Navigator, der vor dem Schiff sein Auto für Taxifahrten anbietet, meint dazu in seiner bedächtigen Sprechweise: „Well, this is our civilization, some things are good, some things are bad."

Um den Kaliningrader Bezirk zu erkunden, hat sich der Reisende Hilfe besorgt. Alja arbeitet seit dreissig Jahren als Reiseführerin, und der Fahrer Jewgenij, ihr Schwiegersohn, den Alja, wenn sie deutsch spricht, konsequent Eugen nennt, studiert Schiffbau, wäre aber lieber Architekt. Das passt zusammen, denkt der Reisende. Die Sowjetbauten entsprechen eher der funktionalen Schiffsbautechnik als einer Architektur, welche Lebensräume gestalten will.

Alja und Jewgenij sind von der Idee angetan, in Eydtkuhnen das Elternhaus der Briefschreiberin Rose Schidorsky zu suchen – falls das Gebäude noch steht. Das Wetter spielt mit, es ist warm und leicht bewölkt, ein milder Sommertag.

Alja hat entschieden, dass unterwegs einige Schauplätze zu besichtigen sind. Auf der Fahrt nach Osten zeigt sie dem Reisenden in Gwardejsk (ehemals Tapiau) das Geburtshaus des Malers Lovis Corinth, in Tschernjachowsk (Insterburg) den Bahnhof aus der Vorkriegszeit sowie nördlich davon das Trakhenergestüt Majowka (Georgenburg), schliesslich in Gussew (Gumbinnen) die Kirche der Salzburger Religionsflüchtlinge. König Friedrich Wilhelm I hat die Salzburger 1709/1710 zusammen mit Schweizern und Pfälzern hier angesiedelt, nachdem die Bewohner der Gegend der Pest zum Opfer gefallen waren und verwaiste Bauernhöfe hinterlassen hatten. Die Kirche ist renoviert und gehört heute den Lutheranern, während die lutheranischen Kirchen, nachdem sie fünfzig Jahre als Lager oder Turnhallen gedient hatten, von der russisch–orthodoxen Kirche übernommen worden sind.

Noch weiter im Osten, schon fast an der Grenze, liegt die Kreisstadt Nesterow, die ehemals Stallupönen hiess, und dieser Name ist dem Reisenden vertraut. Er erinnert ihn an die verblichene braune Fotografie, die Rose Schidorsky mit zwei ihrer Schwestern „im Wald bei Stallupönen" zeigt.

Nun erscheint im flacher gewordenen Land

ein Dorf, und schliesslich das Ortsschild Tschernyschewskoje, das der Reisende auf Aljas Geheiss fotografiert. Der Ort besteht grösstenteils aus Ruinen, er war militärisches Sperrgebiet, und die Armee liess alles so stehen wie es 1944 zerstört worden war. Jewegenij fährt auf der Fernstrasse weiter, bis unvermittelt die Grenze nach Litauen auftaucht, wo ein paar Autos auf die Abfertigung warten. Eydtkuhnen, einst bedeutender Grenzbahnhof zwischen dem russischen und dem deutschen Kaiserreich, lebt kaum noch. Der Bahnhof dient als Altersheim, an dem die Züge zwischen Kaliningrad und Moskau ohne Halt vorbei donnern. Unter einem Baum neben den Schienen lagert friedlich eine Ziegenfamilie.

Aber vor hundert Jahren war hier alles voller Leben, und das Geschäft des Spediteurs Schidorsky, dessen ansehnliches Haus mit Wagenremisen und Pferdeställen am Kirchplatz stand, blühte. Bernhard und Marie Schidorsky hatten sechs Töchter und dann – endlich – einen Sohn. Die jüngste Tochter Rose heiratete nicht den Amtsgerichtsrat aus Königsberg, sondern den Sohn eines Transportunternehmers in Wien, einen jungen Rechtsanwalt namens Mittler. Die urbane Wiener Verwandtschaft nannte Roses Vater spöttisch den „polnischen Grafen". Und so sieht er auf den bräunlichen Fotos aus, auf seinem Pferd sitzend, mit mächtigem weissem

Schnauz und dichtem weissem Haar, unter dem er streng in die Kamera blickt. Er stand täglich um halb sechs auf, trank eine Tasse Tee aus dem Samowar, den das Stubenmädchen bereits in Betrieb gesetzt hatte, und ritt eine Stunde über das Land. Den Samowar erbte die Wiener Tochter. Er steht heute im Haus der früh verstorbenen Urenkelin von Bernhard Schidorsky.

Rose und ihre fünf Schwestern verbrachten eine unbeschwerte Jugend, wenn wir den Aufnahmen glauben, die sie im Garten oder im flachen Land um Eydtkuhnen zeigen, junge Frauen, bereit, die Rollen zu übernehmen, welche die Gesellschaft ihnen zugedacht hatte. Mit fortschreitender Jahreszahl erscheinen auf den Bildern junge Männer und schliesslich die Kinder. Im Nachlass seiner verstorbenen Frau findet der Reisende neben den Fotos und Briefen auch Konzertprogramme und Ansichtskarten vom „Blutgericht", der bekannten Weinstube im Hof des Schlosses von Königsberg. Alle Dokumente zeugen davon, dass sich die verzweigte Familie Schidorsky in Ostpreussen heimisch fühlte.

Bernhard Schidorsky muss ein guter Mensch gewesen sein. Jüdische Emigranten, die vor den Pogromen westwärts flüchteten, wurden von der russischen Polizei an der Grenze unter dem Vorwand, ihre Papiere seien nicht in Ordnung, festgehalten, um Lösegeld zu erpressen. Schidorsky half diesen Mensehen aus der Klemme. Eine Episode hat den Weg in die Literatur gefunden. Die amerikanische Schriftstellerin Mary Antin erzählt im 1912 veröffentlichten Buch „The Promised Land" vom Exodus der vaterlosen Familie aus Russland nach Amerika (siehe Anhang) und erzählt dabei, wie Schidorsky der Familie half.

Jewgenij entdeckt den Feldweg, der von der Fernstrasse durch ein Trümmerfeld zum Kirchplatz führt. Die Mauern der evangelischen Kirche stehen noch, während die Synagoge, die sich ebenfalls am Kirchplatz befand, unter den Ruinen nicht mehr zu identifizieren ist. Daneben steht ein stattliches Gebäude mit leeren Fensteröffnungen, in dem der Reisende mit wachsender Aufregung das Haus der Familie Schidorsky zu erkennen glaubt, wie er es von Fotos erinnert. Er steigt vorsichtig eine schadhafte Holztreppe hinauf in den ersten Stock, wagt sich aber nicht weiter vor. Die Räume wurden ausgeschlachtet, um Brennholz zu beschaffen.

Zwischen den Ruinen steht das Gras hoch, in der Stille des Sommernachmittags ist nur das Summen der Insekten zu hören. Der Reisende hat das Gefühl, in einem zeitlosen Raum zu stehen, der jede menschliche Eigenheit aufsaugt. Seine eigene Gegenwart ist weit weg, und was von den vergangenen Zeiten übrigblieb, sind Bruchstücke. Er denkt daran, dass die Familie, die hier einst lebte, in alle Winde verstreut wurde. Die Schwestern von Rose Schidorsky und ihre Gatten wurden von den Nazionalsozialisten ermordet, während ihren Kindern die Emigration nach Palästina, Kenia, Shanghai, Frankreich und in die USA glückte. Der Bruder Walter emigrierte rechtzeitig nach Palästina und baute dort ein Speditionsgeschäft auf.

Rose, die sich in Wien vollkommen einlebte, musste 1939 als 60jährige Witwe zu ihrer Tochter in die Schweiz flüchten. Die Flucht war eine Zitterpartie, und davon zeugt der Briefwechsel zwischen Mutter und Tochter, den die Enkelin kurz vor ihrem Tod veröffentlichte. Heute sind die Nachfahren der Familie Schidorsky über die ganze Welt verstreut. Sie stehen noch in Verbindung, doch die Vertreibung hat ihnen die gemeinsame Sprache geraubt.

Jewgenij nutzt die Pause, um zu rauchen, und Alja erkundet die Kirche. Das Dach des riesigen Raumes ist noch intakt, und auf einem der Doppeltürme hat ein Baum Wurzeln geschlagen. Der Reisende verfertigt eine Skizze von der Lage der Gebäude, um später alles mit dem Material bei sich zu Hause vergleichen zu können.

Die Rückfahrt nach Kaliningrad wird zur Rückkehr in die Gegenwart. Der Reisende findet sich selber wieder. Und auch die Welt zeigt sich wieder in ihrer alltäglichen Form, in der die entgegenkommenden Autofahrer Jewgenij per

Lichthupe vor der hinter der nächsten Kurve lauernden Polizeipatrouille warnen.

(Erschienen in „Romantik und Exil, Festschrift für Konrad Feilchenfeldt", Würzburg 2004)

Anhang: Eine jüdische Emigration aus dem zaristischen Russland in die USA

Von 1881 bis 1894 regierte in Russland Zar Alexander III, der sich zum Antisemitismus bekannte. Seine Herrschaft war gekennzeichnet durch die Einführung gesetzlicher Restriktionen gegenüber den Juden und den Beginn der Pogrome. Die Regierung war nicht gewillt oder nicht fähig, die Juden vor den von der Kirche abgesegneten Zerstörungszügen wirksam zu schützen. Diesen Pogromen fielen Hunderte von Juden zum Opfer, viele wurden verletzt und ihr Besitz geplündert.

Die Lage der Juden im zaristischen Russland ihrer Zeit schildert die 1881 in Polotzk in Weissrussland geborene amerikanische Schriftstellerin Mary Antin in ihrem Buch „The Promised Land" drastisch und aus der Sicht eines Mädchens. Sie begründet, weshalb es zur jüdischen Massenemigration nach Amerika kam, und beschreibt ihre eigene, mit vielen Hindernissen verbundene Emigration.

Im Jahr 1891 emigrierte ihr Vater nach Boston, wo er eine Stelle in Aussicht hatte und das Geld für die Überfahrt der Familie borgen konnte. Drei Jahre später folgte die Mutter mit ihren vier Kindern nach.

Die 8000 Kilometer lange Reise führte die Familie über Witebsk und Wilna nach Ostpreussen, dann über Berlin nach Hamburg und von dort per Schiff nach Boston. Ausser den Taschen und Bündeln, die eher umfangreich als wertvoll waren, besass die Mutter ein bisschen Geld, die Fahrkarten sowie den Reisepass, von dem sie glaubte, er bringe sie problemlos über die Grenze. Weil indessen in Teilen Russlands die Cholera ausgebrochen war, wurden speziell die ärmeren Reisenden, darunter die Emigranten, einer Vielzahl von zusätzlichen und schikanösen Kontrollen unterzogen. Mary Antin beschreibt dies so:

„In Wersbolovo, der letzten Station auf der russischen Seite, stiessen wir auf das erste Problem. Ein deutscher Arzt und mehrere Polizisten betraten den Zug und verhörten uns in Bezug auf unsere Gesundheit, unser Reiseziel und unsere finanziellen Mittel. Als Ergebnis dieser Untersuchung teilten sie uns mit, dass wir die Grenze nicht überschreiten durften, wenn wir nicht die Schiffsfahrkarte dritter Klasse in eine solche zweiter Klasse umtauschten, was zweihundert Rubel mehr erfordert hätte als wir besassen. Sie nahmen uns den Pass weg und wollten uns zurückschicken. ... Wir waren heimatlos, ohne Haus und Freunde an einem fremden Ort. Wir hatten kaum genügend Geld, um die Reise, auf die wir drei lange Jahre gehofft und gewartet hatten, durchzustehen. ... Als meine Mutter sich genügend erholt hatte, um zu sprechen, begann sie mit dem Polizisten zu argumentieren. Sie erzählte ihm unsere Geschichte und bat ihn, wohlwollend zu sein."

Der deutsche Polizist war offenbar durch die Schilderung bewegt. Er riet der Familie, bei der russischen Grenzstation Kibart auszusteigen und dort einen Herrn Schidorsky um Hilfe zu bitten. Dieser erwies sich als Retter in der Not. Er verschaffte der Mutter einen Pass nach Eydtkuhnen, der deutschen Grenzstation, wo sein älterer Bruder als Vorsitzender einer Hilfsorganisation für jüdische Emigranten dafür sorgte, dass die Familie nach Deutschland hineingelassen wurde. Während den Verhandlungen, die mehrere Tage beanspruchten, beherbergte der jüngere Bruder Schidorsky die Antins bei sich.

Endlich konnten sie, mit einer Masse von anderen Emigranten, in Eydtkuhnen den überfüllten Zug nach Berlin besteigen. Auf der Fahrt nach Hamburg erfolgten weitere Schikanen und Forderungen nach Gebühren, doch schliesslich gelangte die Familie Antin auf das Schiff nach Boston.

Wut

November, und der erste Schnee. Seit gestern Nacht schneit es ohne Unterbruch, nassflockig und schwer. Bäume, denen es nicht gelungen ist, ihr Laub rechtzeitig abzuwerfen, brechen unter der Last zusammen.

Georg Breck steht am Bahnsteig, am Rand der Masse, die sich unter das schützende Dach drängt. Er ist müde, gestern ist es spät geworden. Er hat seinen Kollegen bei ein paar Flaschen Wein wieder einmal beigebracht, wie gut es ihm geht. Er habe einen sicheren Job, einen guten Verdienst, eine reizende Familie und sei wunschlos glücklich, hat er erklärt. Sie haben ihn beneidet, mit ihren unsicheren Stellen, ihren wackligen Ehen und den Entwicklungsproblemen ihrer Kinder.

Heute Morgen indes läuft alles aus dem Ruder. Seine Schuhe sind durchnässt: die miese Qualität des Leders, früher war all dies besser. Er friert. Schon der frühere Pendelzug ist ausgefallen, so dass der Bahnsteig voll ist wie noch nie. Und noch immer strömen Menschen herbei. Was sind das für Zeiten, wo sich täglich derartige Menschenmassen in Bewegung setzen? Georg Breck ist der Auffassung, dass für alle gesellschaftlichen Zustände bestimmte einzelne Menschen verantwortlich sind, klar eruierbare

Zielscheiben verdienten Hasses. Er kann nur hoffen, dass einer von denen, die für die Misere die Schuld tragen, sich in derselben Lage befindet wie er. Doch wohl nicht. Diese Herren lassen sich im Mercedes in die City chauffieren.

Er schaut auf die Armbanduhr. Dabei berührt sein Handgelenk den tropfnassen Ärmel seines Kaschmirmantels, von dem sich sogleich ein eiskaltes Rinnsal in den Handschuh ergiesst und den ganzen Georg Breck bis in die Knochen grausam abkühlt. Warum vermögen sie es nicht, Dächer zu bauen, die den ganzen Bahnsteig bedecken? Weil sie unfähig sind richtig zu planen, die Herren von den Bundesbahnen.

Wie sie überhaupt nur Unfähigkeit demonstrieren. Vor zwanzig Minuten ist die Durchsage gekommen, die Strecke sei durch einen umgekippten Baum blockiert. Und seitdem nichts mehr. Weshalb sind diese Versager eigentlich nicht in der Lage, innert einer halben Stunde einen funktionierenden Busbetrieb auf die Beine zu stellen? Immer reden sie sich mit den Kosten heraus. Unsinn! Führungs– und Entscheidungsschwäche sind die wahren Ursachen. Man sollte die ganze hoch bezalte Bande in die Wüste schicken. Dauernd reden sie von der modernen Technik und können nicht einmal den Alltag bewältigen. Zum Teufel mit der Technik! Und wer hat darunter zu leiden? Er, der einfache Bürger. Kein Wunder, macht das Volk in diesem Staat nicht mehr mit.

Für Kampfflugzeuge haben sie Geld, oh ja, um dem grossen amerikanischen Bruder zu gefallen. Für die Bedürfnisse des Volkes nicht. Man schaue sich nur die Krankenkassenprämien an. Die Teuerung hat ihn gezwungen, die geplanten Weihnachtsferien in der Karibik auf unbestimmte Zeit zu verschieben. Ganz bestimmt müssen die Herren, welche das Sagen haben, nicht auf ihre Ferien verzichten – eine schreiende soziale Ungerechtigkeit. Wenn es nach Georg Breck ginge, brauchte die Schweiz keine kostspielige Armee. Wenn es zur Konfrontation kommt, kann man sich bestimmt mit dem Gegner arrangieren. Er jedenfalls könnte es. Er hat das sichere Gefühl, dass jene, die sich mit irgendeinem politischen System nicht arrangieren können und daher verfolgt werden, selbst daran schuld sind.

Erneut blickt er auf die Uhr. Diesmal reckt er den Hals, um auf die Bahnhofuhr spähen zu können und die ekelhafte Berührung mit dem nasskalten Mantel, von dem es widerwärtig auf seine Hosenbeine tropft, zu vermeiden. Die Bügelfalte ist hin, das weiss er ohne nach unten zu blicken. Die verdammte Bank erwartet von ihm, dass er in einen verdammten Anzug gekleidet antrabt. Woher nehmen sie eigentlich das Recht dazu? Übrigens ist seine Frau mitschuldig an der sich anbahnenden Formlosigkeit seiner Hosen. Wie oft hat er Elvira aufgefordert, seiner Kleidung eine wasserfeste Appretur einzubügeln, wie er es in der Reklame eines Businessmagazins gelesen hat? Doch seine Frau ist dazu zu faul. Ihr geht es schlechthin zu gut. Wie auch den Kindern. Alle geniessen das Leben, während er sich dem beschwerlichen Alltag aussetzen muss. Georg Breck beschliesst, den Seinen am Abend – wenn er an diesem gottverfluchten Tag überhaupt heimkehrt – gründlich die Leviten zu lesen. Er wird die Kinder zwingen, ihr Zimmer aufzuräumen, das einem Schweinestall gleicht. Und Elvira wird ihm genau den Anzug bügeln, den er jetzt trägt, und den teuren Mantel dazu. Und es ist ihm vollkommen egal, wenn sie darüber die Fernsehsendung verpasst. Heute Abend wird er hart bleiben und sich keinesfalls mit dem Vorschlag abspeisen lassen, morgen den Reserveanzug zu tragen. Dieser ist sowieso längst aus der Mode, und er ist nicht gewillt, sich vor den Bankmädchen damit lächerlich zu machen. Der Gedanke, seiner Familie heute Abend den Meister zu zeigen, erfüllt ihn mit grimmiger Genugtuung.

Über das Gleis schreitet ein Rangierarbeiter, eingepackt in eine feste Pelerine, in der Hand eine Signallampe, die er lässig schwingt. Zu allem Überfluss pfeift er vor sich hin. Georg Breck ist empört. Er rackert sich in der Bank ab, während sich dieser faule Hund auf Kosten der Bahnkunden einen flotten Tag leistet, mit leichter körperlicher Arbeit an der frischen Luft und bestimmt zu einem unverdient hohen Lohn. Der kriegt doch noch eine billige Wohnung von der Bahn und hat keine Sorgen. „Was gedenkt ihr eigentlich zu tun, damit ich endlich in meine Bank komme", schnauzt er den Burschen durch die zusammengebissenen Zähne an. „Besitzt ihr denn nicht die Spur von Pflichtgefühl?" Der Mann hört ihn nicht. Unsinn, natürlich hört er ihn, er tut nur so, als ob er Georg Breck nicht hörte. Vielleicht handelt es sich überhaupt um einen dieser aufsässigen Südländer. „Was bringen uns die nur für ein Pack ins Land", murmelt er vor sich hin und stellt befriedigt fest, dass einige der Umstehenden zustimmend nicken.

Er sollte bereits an der Arbeit sein. Rieder, sein Chef, wird ihn bereits vermissen. In einer halben Stunde muss er den Schalter öffnen. Sollen sie ohne mich auskommen, denkt er, sie schätzen meine Arbeit sowieso nicht. Heutzutage werden jene, die solide Arbeit leisten, einfach beiseite geschoben, und das Feld gehört den Faulen und Frechen. Jeder junge Blender, der mit dem Computer spielen kann, erhält das Doppelte von seinem, Georg Brecks, Salär. Er schwört sich, am Jahresende in Rieders Einzelbüro zu marschieren und gehörig auf den Tisch zu klopfen. Kein Wunder greifen die Menschen zum Terrorismus oder zu den Drogen. An den kommenden Jubiläumsfeiern wird er nicht mitmachen. Zu feiern gibt es nämlich nichts. Nicht in diesem maroden Land, wo die Millionäre den Ton angeben und Menschen wie ihn, Georg Breck, verkommen lassen.

Ist dieser nasse, schwere Schneefall überhaupt normal? Ihm kommt es vor, als habe er noch nie so etwas erlebt. Er kann sich auch nicht erinnern, dass es jemals so früh geschneit hat. Die Natur ist aus den Fugen. Die Mächtigen haben alles kaputt gemacht. Selbst von den Nahrungsmitteln droht heutzutage Gefahr. Kein Wunder bei einem System, das die Bauern durchpäppelt statt sie zu zwingen, biologisch einwandfrei zu wirtschaften. Bei keinem Bissen kann Georg Breck sicher sein, ob er sich vergiftet. Bestenfalls ist das Zeug von minderer Qualität, wie die kalifornischen Erdbeeren, die ihm Elvira gestern serviert hat. Ausgesprochen wässrig und geschmacklos. Die israelischen sollen besser sein, heisst es. Doch Georg Breck hat beschlossen, israelische Produkte zu boykottieren. Weil ihm die Juden unsympathisch sind und sich gegenüber den Arabern arrogant benehmen. Sein Vater hat seinerzeit die Devise „Kauft nicht bei Juden" befolgt. Für Georg Breck ist dies immer noch eine gute Maxime, die auch von fortschrittlichen Organisationen unterstützt wird.

Übrigens ist das Entrecôte beim gestrigen Nachtessen zäh gewesen. Doch mag dies an Elvira liegen. Wenigstens hat er angeordnet, dass auf seinen Tisch keine Würste und Innereien gelangen. Darin sammeln sich Giftstoffe bevorzugt an, hat er gelesen. Georg Breck isst demzufolge nur Muskelfleisch vom Rind. Teuer, aber er ist es seiner Gesundheit schuldig. Niemand soll von ihm verlangen, Selbstmord in Raten zu begehen. Menschen wie ihm werden heutzutage sowieso nur noch Opfer abverlangt. Um alles muss er kämpfen, dabei wäre alles im Überfluss vorhanden, nur ungleich verteilt. Eigentlich sind die Lösungen für all diese Miseren bekannt, nur wendet man sie nicht an. Es gibt ein paar Politiker, die genau wissen, was falsch läuft, doch haben sie nicht die Mehrheit, sich durchzusetzen. Georg Breck hat nicht übel Lust, an einer der nächsten Demonstrationen in der City teilzunehmen und ein paar Scheiben einzuschlagen. Von Zeit zu Zeit ein Attentat gegen einen Mächtigen – wie in anderen Ländern – wäre nicht schlecht.

Vom unbedeckten Teil des Bahnsteigs wird eine ältere Frau gegen Georg Breck gedrückt. Sie hat ihren Schirm aufgespannt, und von diesem tröpfelt es kalt in seinen Nacken. Ich könnte diese Person ermorden, wallt es in ihm auf. Wenn jetzt der Zug einführe, ein kleiner Schubs, und ein rücksichtsloses Wesen weniger auf dieser Erde. Aus Protest beginnt er, sein Aktenköfferchen heftig gegen die Beine der Frau zu schlagen, die sich erschrocken umwendet und dann zurück weicht, in den Schneeregen hinaus. So, der habe ich es gezeigt, freut er sich.

Hoffentlich rennen die Kunden inzwischen Rieder den Schalter ein. Wenn Georg Breck nicht erscheint, muss sein Chef für ihn einspringen. Rieder, der das Parkhaus der Bank benützen darf, ist bestimmt schon dort. Einen kurzen Augenblick erwägt Georg Breck, zum Parkplatz zu marschieren, mit dem Wagen in die Stadt zu fahren und in der Garage einen Platz zu usurpieren. Schliesslich geschähe es zum Nutzen der Bank. Doch nein. Sein BMW ist leidlich neu, und auf den Strassen wimmelt es von Idioten, welche bei diesem Wetter ihr Fahrzeug nicht beherrschen. Eine Beule in der makellosen, dunkelblauen Aussenhaut würde er an diesem Tag nicht verkraften.

Und es ist auch gar nicht mehr notwendig. Der Lautsprecher knackt, dann folgt die Durchsage einer erleichtert klingenden Stimme, wonach die Strecke geräumt sei und die Züge ab sofort wieder verkehrten. Die Stimme bittet die Reisenden wegen dem heftigen Wintereinbruch um Verständnis. Schon fährt der Zug ein. Georg Breck hat Glück, er steht in der Nähe einer Türe. Entschlossen drängt er die Umstehenden weg und steigt ein.

Das Drängen hat sich gelohnt. Georg ergattert einen der wenigen Sitzplätze, während die meisten, die mit ihm eingestiegen sind, stehen müssen. Er atmet auf. Wenigstens ein bisschen Gerechtigkeit gab es nun endlich für ihn. Er lehnt sich genüsslich zurück und schliesst die Augen. Er hat wieder einmal mit der Welt abgerechnet, und das hat wohlgetan.

(2003)

Katzenkrimi

1

Es war ein wunderschöner Sommermorgen, die Luft war weich wie das flaumige Gefieder eines Vögelchens, und die Sonnenstrahlen hüpften im gefleckten Schatten der Bäume auf dem Boden herum wie delikate Heuschrecken.

Der rot getigerte Kater Simba befand sich auf seinem Morgenspaziergang durchs Städtchen. Er hatte ein reichliches Frühstück genossen und leckte sich von Zeit zu Zeit den Schnauz. Aus diesem Grund dachte er nicht – oder nur ganz entfernt – an Vögelchen und delikate Insekten, sondern schaute sich einfach die Welt an. Es war unbestreitbar eine Welt der Menschen, mit Häusern, gepflasterten Strassen und Zweibeinern, die sich in blechernen Maschinen oder auf Fahrrädern fortbewegten. Einige taten es zu Fuss, und sie versuchten immer wieder, mit Simba anzubandeln, denn er hatte ein wunderbar weiches Fell und konnte recht herzig aussehen. Doch heute morgen liess er sich das nicht gefallen. Er hatte keine Laune dazu. Sie sollten dann kommen, wenn er müde in der Sonne lag und am Einschlafen war. Dann nämlich liebte er Streicheleinheiten ganz besonders.

Heute morgen folgte Simba der Route des Briefträgers. Das war ein Spiel, das ihm bei schönem Wetter gefiel. Und wenn er bei Regen zusammengerollt in der Stube lag, so nah wie möglich bei seiner Ernährerin, um ihr Gelegenheit zu geben, ihn ausgiebig zu liebkosen, dann dachte er an diesen Spaziergang zurück und schnurrte behaglich vor sich hin. Die Ernährerin betrachtete sich übrigens als seine Besitzerin, wozu Simba nur nachsichtig gähnte, denn niemand konnte eine Katze wirklich besitzen.

Der Spur des Pöstlers folgend hielt er vor jedem Haus inne und guckte sich die Briefkästen an. Vor einem Haus, das seltsam abweisend wirkte, stiess er fast mit einem Mann zusammen, der vom Kiosk an der Ecke zurückkam und eine Zeitung in der Hand hielt. „Verschwinde, du dummes Vieh", knurrte der Mann und schlug mit der Zeitung nach ihm, aber Simba hatte das bereits vorausgespürt und befand sich ausser Reichweite der niedersausenden Zeitung. Der Mann roch unappetitlich. Er war zwar anständig gekleidet, besass aber offensichtlich Schweissfüsse. Simba verzog angewidert sein feines Näschen und machte sich davon. Die Route des Briefträgers führte ihn schliesslich zum Postamt.

Vor dem Postamt gab es ein Blumenbeet mit Rosen, Lavendelbüscheln und einem Wacholderstrauch, und unter diesem Strauch war die Erde trocken und kühl. Es war ein angenehmes

Plätzchen, und Simba dachte sich, hier könne wohl ein Tierchen vorbeikommen, das aus Sportgeist ein bisschen Jagd vertrage. Er kauerte sich nieder und schaltete seine scharfen Sinne auf Empfang, was ihm niemand angesehen hätte, denn seine gelben Augen wirkten schläfrig.

Die Lavendelbüschel deckten Simba ab, so dass ihn trotz seines leuchtend roten Fells niemand wahrnahm. Simba beobachtete Käfer und Spinnen, die herumrannten, und einen Regenwurm, der sich aus der Erde wand, dem es aber im Freien nicht gefiel, so dass er sich wieder ins Erdreich bohrte. Er bemerkte eine rote, nackte Schnecke und dachte, Igitt. Das hatte er von seiner Ernährerin gelernt. Manchmal kam er von einem ausgedehnten Streifzug heim und brachte in seinem Fell eine solche Schnecke mit. Und wenn er seiner Ernährerin begeistert auf den Schoss sprang, schrie diese „Igitt!" und stiess ihn unsanft auf den Boden zurück. Dabei konnte er doch wirklich nichts dafür, dass sich die Schnecke in seinem Fell eingenistet hatte!

2

Simba kauerte unter dem duftenden Wacholderstrauch und träumte ein wenig von angenehmen Raufereien in der Katergemeinschaft und bereits von seinem Mittagessen, das ihm zuverlässig serviert wurde, wenn er gelegentlich nach Hause kam. Plötzlich war der unangenehme Geruch von heute morgen wieder da! Simba schaute auf und sah einen Mann das Postamt betreten. Trotz sommerlichem Wetter trug der Kerl einen langen, schäbigen Regenmantel sowie einen Schlapphut über einer Sonnenbrille. Sein Gesicht war nicht zu erkennen, aber Simba war sicher, dass es derselbe Mann war, der ihn so unfreundlich behandelt hatte. Er setzte sich auf und beobachtete den Eingang zum Postamt. Die Tür war aus Glas, und er sah den Mann an den Schalter treten.

Einige Zeit geschah nichts, dann ging alles sehr schnell. Jemand schrie, der Mann stürzte aus der Tür, nunmehr mit einer Einkaufstüte aus Plastik in der Hand, rannte um die Ecke des Postamts und verschwand in den Gassen der Altstadt. „Aha, ein spannendes Spiel", dachte Simba und setzte ihm unverzüglich nach. Bald rannte der Mann nicht mehr, sondern marschierte schnell und zielstrebig. Manchmal blickte er sich um, ohne den roten Kater zu bemerken, denn dieser hatte keine Lust, einen Fusstritt zu erhalten und blieb wo immer möglich in Deckung.

Kurz darauf sah Simba den Mann in einer Baubaracke verschwinden. Diese stand auf einem verwunschenen, von Pflanzen überwucherten Gelände mitten in der Altstadt und hatte einem Baugeschäft gehört, das mittlerweile eingegangen war. Der Kater kannte die Baracke. Ihre Wände waren schadhaft, und er wusste, an welcher Stelle er hineingelangen konnte. Er schlüpfte durch ein Loch in der Wand. Der Innenraum war mit Zementsäcken und Kübeln vollgestellt, hinter denen sich Simba versteckte. Der Mann legte Mantel, Hut und Sonnenbrille ab, versorgte das Bündel und die Einkaufstüte in einem leeren Zementsack und trat aus der Baracke. Simba stellte triumphierend fest, dass er recht gehabt hatte: Es war der Kerl von heute morgen! Der schlenderte gemächlich in Richtung des Postamtes. „Vielleicht wiederholt er das Spiel", dachte Simba und schlich ihm in sicherer Distanz nach.

Vor dem Postamt herrschte Aufruhr. Zwei Polizeiautos standen mit blinkendem Blaulicht da, die Polizisten riegelten den Platz ab, und ein grauhaariger, respektabler Mann sprach mit der Postbeamtin, die hinter dem Schalter gestanden hatte und nun ganz bleich und aufgeregt war, die Hände zusammenschlug und rief: „Ach herrje, es waren mindestens dreissigtausend!"

Der Schweissfuss spazierte mit verwunderter Miene auf den Platz und wurde von einem Polizisten angehalten: „Haben Sie einen flüchtenden Mann bemerkt?" wurde er gefragt. Er antwortete: „Keinen Menschen hab ich gesehen, was ist denn los?" So ein unverschämter Lügner, dachte

Simba, korrigierte sich aber sogleich, denn der Mann war auf seiner Flucht tatsächlich niemandem begegnet. „Dann gehen Sie bitte weiter", sagte der Polizist, und der Kerl schritt davon, verfolgt von einem roten Kater, der sich immer noch sehr unauffällig benahm.

3

Zuhause angelangt, wurde Simba sein Mittagessen serviert. Danach legte er sich ins Esszimmer, wo sich die Familie zum Mittagessen setzte. Alle sprachen aufgeregt vom Ereignis des Tages, nämlich vom Postraub. „Den erwischen sie nie", brummte der Vater, und Sohn Daniel erklärte: „Das war gut geplant, alle Achtung, sowas sollten wir auch mal versuchen, Schwesterchen."

Seine Schwester Sophie sagte: „Ach wo, nicht für dreissigtausend Franken. Damit kommt man heute nicht weit."

„Na immerhin", sagte Daniel, „stell dir vor, wir würden das Geld verstecken und es nach und nach ausgeben, als Aufbesserung unseres Sackgeldes."„

"Das will ich nicht gehört haben", sagte die Mutter ruhig, aber bestimmt, „ich habe euch zu rechtschaffenen jungen Menschen erzogen, nicht zu Räubern."

Simba spitzte seine ohnehin spitzen Ohren.

Also doch, dachte er. Ihm war es gleich vorge-
kommen, als ob der Schweissfuss etwas Verbo-
tenes tun würde. Das passt zusammen, dachte
er, Katzen schlagen und das Postamt ausrauben.
Rauben war etwas Schlechtes, wie er wohl
wusste. Ein oder zweimal hatte er in der Küche
Fleisch vom Tisch erbeutet, das seine Ernährerin
vergessen hatte. Sie hatte sie ihm zur Strafe einen
Klaps auf den Hintern gegeben, ihn mit strenger
Stimme „Räuber" genannt, ihm einen längeren
Vortrag über Katzenanstand gehalten und ihn
dann ohne Futter aus dem Haus geworfen. Erst
am Abend hatte er wieder reinkommen dürfen,
und er hatte sich bei seiner Ernährerin ganz
schön einschmeicheln müssen, sich richtigge-
hend unterworfen, bis sie wieder besänftigt gewesen war. Er seufzte und schlummerte ein.

4

Es ging gegen Abend, als der rote Kater
Simba aufwachte und beschloss, vor dem Nachtessen zum Postamt zu spazieren und nachzu-
schauen, ob sich der Aufruhr inzwischen gelegt
hatte. Das war nicht der Fall. Durch die Strassen
der Umgebung liefen Polizisten, klingelten an
den Türen und befragten die Anwohner, ob sie
etwas Verdächtiges bemerkt hatten. Vor dem
Postamt stand ein Polizist Wache und langweilte
sich. „Komm zu mir, Pussi", rief er. Da Simba in

ihm einen netten Menschen erkannte, der zudem nicht übel roch, ging er hin und liess sich streicheln und sogar hochheben. „Nun, hilfst du uns, den Täter zu suchen?" scherzte der Polizist. Simba dachte, keine schlechte Idee, ich kenne den Täter, aber wie kann ich es dem netten Mann beibringen?

Auf dem Arm des Beamten ruhend, kam ihm eine geniale Idee. Er streckte seine Krallen nach der Pfeifenschnur aus, die aus der Brusttasche der Uniform hing. „Ach so, Pussi will spielen", rief der Polizist entzückt, setzte den Kater auf den Boden und machte die Schnur los. Er begann Simba damit zu locken. Der tat vorerst uninteressiert, packte dann aber die Schnur mit den Zähnen, riss sie dem verblüfften Beamten aus der Hand und rannte davon. „He, Pussi, verfluchter Kerl, bring mir die Pfeife zurück", brüllte der Polizist und rannte ihm nach. Simba bewegte sich nur so schnell, dass ihm der schwerfällige Zweibeiner gerade noch folgen konnte. Nach kurzem Lauf verschwand er durch dasselbe Loch in der Baubaracke wie am Morgen.

„Na warte", rief der Beamte und rüttelte an der Barackentür. Die ging auf, er trat ein und blickte sich suchend um. Er sah den Kater auf einem Zementsack sitzen, und unter seinem Bauch guckte die Trillerpfeife hervor. „Nun hab ich dich, du Pfeifendieb", grollte er, ergriff

Simba und wollte ihn hochheben. Doch der verkrallte sich in den Sack, der mitgerissen wurde und dabei aufging. „Na sowas", murmelte der Polizist, setzte den Kater ab, betrachtete den Sackinhalt und pfiff durch die Zähne. Dann lachte er und begann, Simba zu am Nacken zu kraulen: „Danke, Pussi, damit können wir den Täter finden." Simba schnurrte zufrieden und wusste, dass der Polizist dasselbe zu tun gedachte, was er auch getan hätte.

Der Polizist steckte die Geldbündel in seine Jacke, wobei er dem Tier erklärte: „Jetzt sichern wir erst einmal den Zaster". Er überzeugte sich, dass draussen niemand stand, verliess die Baracke und schritt zum Postamt zurück, gefolgt von einem roten Kater. Dort nahm er ein Telefon aus seinem Polizeiauto und tätigte einen Anruf. Immer wieder blickte er lobend zu Simba herunter, der vor ihm am Boden sass und die Situation genoss. Doch nun meldete sich beim Kater der Hunger. Da er ahnte, was nun folgte, begab er sich ruhig nach Hause und frass mit grossem Vergnügen sein Nachtessen.

5

Es war nicht ungewöhnlich, dass Simba schöne Nächte ausser Haus verbrachte. Im Küchenfenster war eine Katzentür eingebaut, durch die er das Haus nach Lust betreten oder verlassen konnte. Er trat aufs äussere Fensterbrett, streckte sich wohlig, betrachtete den Sternenhimmel und sprang zu Boden. Gemütlich spazierte er durch die Strassen, am Postamt vorbei zur Baubaracke und schlüpfte wieder durch sein Loch.

Der Kater konnte die auf der Lauer liegenden beiden Polizisten dank seiner Nachtsichtigkeit gut sehen. Der eine war der Beamte, dem er das Versteck des Täters gezeigt hatte. Simba wusste aus Erfahrung, dass Menschen ungnädig reagierten, wenn man sie erschreckte, also sagte er diskret „Miau". Dann strich er dem Polizisten, den er schon kannte, um die Beine. „Nun, wenn das nicht unser vierbeiniger Detektiv ist", flüsterte dieser, „komm, Pussi, bleib ruhig, wir lauern dem Täter auf, und jemandem auflauern kannst du doch auch, nicht wahr?" Die Polizisten hatten es sich hinter den Zementsäcken bequem gemacht. Simba kuschelte sich zu seinem Freund, liess sich streicheln und horchte ins Dunkel. Stunden vergingen. Die Polizisten unterhielten sich flüsternd über Fussballspiele, Ferien im Süden, über ihre Kinder, die echte Schlingel waren und über Mädchen, die sie dumme Gänse nannten. Das meinten sie natürlich nicht ernst, es war bei ihnen einfach üblich, so über junge Frauen zu reden. Simba hörte die Schritte zuerst. Er sagte leise „Miau", die Männer verstummten, horchten und machten sich sprungbereit.

Vor den Barackenfenstern bewegte sich ein Schatten, dann wurde die Tür aufgedrückt, jemand schlüpfte rein, schloss die Tür und liess eine Taschenlampe aufblinken. Die drei sahen den Täter zur Ecke schleichen und den Zementsack mit der Beute ergreifen. In diesem Augenblick warfen sich die Polizisten auf den Mann, überwältigten ihn und legten ihm Handschellen an. Der eine Beamte pfiff durch die Trillerpfeife, die Simba bestens kannte, und plötzlich wimmelte es von Polizisten. Auch die Reporter waren schon da, ihre Kameras schussbereit. Der grauhaarige, respektable Mann von heute morgen rief: „Kommt raus!"

Mit dem verschreckten Räuber in ihrer Mitte traten die beiden Beamten aus der Baracke, und ihnen voran stolzierte Simba. Der Räuber sah den Kater und wollte ihm einen Tritt versetzen, doch der Polizist mit der Trillerpfeife trat ihm auf den Fuss. Die Blitzlampen gingen los, die Gruppe wurde auf Film festgehalten, die Beamten dienstlich ernst, der Räuber, wie er „Aua!" schrie und im Vordergrund der Kater. Seine Ernährerin behauptete später, ihr Simba habe auf den Fotos so zufrieden geblickt, als hätte niemand anders als er den Fall gelöst.

(1995)

Der Tod wartete am Bahnhof

Elliott Kern, Mitarbeiter des Nachrichtendienstes des Bundes und in Aarau stationiert, arbeitete an diesem noch frischen Sommermorgen in seinem Büro an einer Internet–Recherche, als ihn sein Vorgesetzter, Oberst Stierli, anrief.

„Elliott, du musst los. Im Bahnhof Aarau hat es einen Toten gegeben. Möglicherweise wurde er ermordet."

„Und weshalb betrifft das uns?"

Stierli seufzte. „Es handelt sich um einen hohen kanadischen Diplomaten namens Fraser. Fraser sollte am Aarauer Demokratiezentrum einen Vortrag halten. Professor Lüthy vom Zentrum wartete am Bahnhofausgang auf ihn. Als Fraser nicht erschien, machte er sich auf die Suche und fand ihn tot in der westlichen Passage. Er alarmierte Notfall und Polizei. Die Polizei erschien sofort und riegelte die Passage ab. Der Notfallarzt bestätigte den Tod. Bei einer ersten Untersuchung fand er eine Kopfverletzung, weshalb er ein Verbrechen nicht ausschloss. Er brachte Frasers Leiche in die Rechtsmedizin des Kantonsspitals. Professor Lüthy meldete zudem Frasers Tod bei der kanadischen Botschaft, welche den Kontakt zu Fraser vermittelt hatte."

„Und dann landete die Sache auf deinem Tisch."

„Du sagst es. Der Botschafter wandte sich gleich ans Aussendepartement. Höflich, aber sehr bestimmt forderte er, dass der Todesfall schnell aufgeklärt werde. Und da Fraser früher einmal mit dem kanadischen Security Intelligence Service liiert gewesen war, verlangte der Botschafter, dass wir die Untersuchung leiten. Ich habe bereits mit Staatsanwältin Kellerhals gesprochen. Du machst das wieder mit Oberleutnant Rauch von der Kapo Aargau zusammen. Er erwartet dich."

Kern fuhr von der Villa seiner Mutter im Zelgli, in der er wohnte und auch sein Büro hatte, hinunter zum Polizeikommando im Telli. Am Empfang händigte ihm der Beamte einen Zutrittsausweis aus. „Der Oberleutnant hat das bereits für Sie organisiert", bemerkte er. „Sie sollen gleich in den Einsatzraum gehen."

Im Einsatzraum fand Kern Oberleutnant Rauch sowie Wachtmeister Elfi Ullmann. „Grüss dich, Elliott. Gut, dass du wieder dabei bist. Christian ist immer noch am Bahnhof. Er prüft das Material der installierten Videokameras."

Bei Christian handelte es sich um Wachtmeister Bertsch, der zusammen mit Elfi zu Rauchs Team gehörte. Kern winkte Elfi, die an ihrem Computer sass, zu und fragte: „Was wisst ihr?"

„Christian hat uns ein Foto des Toten und Bilder vom Fundort gesandt."

Kern näherte sich der Glaswand und schaute

sich das Foto an. Es zeigte einen gut gekleideten Sechziger – leichter grauer Anzug, Krawatte, blankpolierte schwarze Schuhe – mit dichtem grauen Haarschopf und gesundem Teint. Er lag an die Wand gelehnt, und noch im Tod wirkte sein Gesicht energisch.

„Wir warten auf das Gutachten der Rechtsmedizin", fuhr Rauch fort. „Entweder hat Fraser einen Infarkt gehabt und sich beim Hinfallen den Kopf angeschlagen, oder er bekam einen Schlag auf den Kopf. Ob dieser tödlich war, wird sich erweisen."

„Scheisse", sagte Elfi vernehmlich. Rauch und Kern blickten sie fragend an.

„Der Vorfall ist bereits im Netz", erklärte sie. „Hier steht: Rätselhafter Todesfall in der Bahnhofpassage. Liegt ein Verbrechen vor? Dazu gibt es ein Videofilmchen über die abgesperrte Passage, auf dem man Christian und weitere Kollegen sieht, wie sie den Fundort untersuchen."

„Wie kommt es nur, dass sich so etwas so schnell herumspricht?" wunderte sich Rauch.

„Kann ich mir gut vorstellen", antwortete Kern. „Frasers Vortrag musste abgesagt und das Publikum informiert werden. Man hätte das diskret machen und sagen können, Fraser habe leider nicht erscheinen können. Aber die Sensationslust war stärker, und so wurde sein Tod bekannt."

Kurz darauf klingelte das Telefon im Einsatzraum. Rauch nahm ab und hörte zu. Dann sagte er: „Es ist richtig, dass wir Herrn Fraser in der Bahnhofspassage tot aufgefunden haben. Über die Todesursache können wir noch nichts sagen. Die Untersuchungen laufen." Wieder hörte er zu, um zu erklären: „Ein politischer Anschlag? Wie kommen Sie darauf?" Er hörte zu und sagte abschliessend: „Klar werden wir das berücksichtigen. Was wir herausfinden, werden wir der Presse mitteilen."

Er hängte auf. „Ein Redaktor der AZ. Wurde zum Vortrag eingeladen."

„Und wie kommt er auf den Anschlag?" fragte Kern.

„Fraser hätte über die politische Stellung der Ureinwohner, der sogenannten First Nations, in der kanadischen Demokratie reden sollen. Es gab jedoch Vorwürfe, er habe die Ureinwohner schlecht behandelt. Näheres wusste der Redaktor nicht, aber er ortete ein Konfliktpotenzial."

„Ziemlich weit hergeholt", meinte Kern.

„Oh, und gerade nochmals Scheisse!" rief Elfi. „Kommt her und seht euch das an."

Auf ihrem Bildschirm prangte ein Foto unter dem Stichwort „Der Tod wartete am Bahnhof". Daneben stand der Text: „Haben die beiden Girls den Diplomaten beraubt und dabei ermordet?"

Das Bild zeigte Fraser, an die Wand gestützt, und zwei junge Frauen, die mit ihm stritten.

„Gibt es einen Hinweis auf den Fotografen?"

„Klar. Er heisst Noah Zumwald, studiert an der FH in Brugg und scheint ziemlich stolz über seine Reportage zu sein, wie er sie nennt."

„Wir laden ihn vor", sagte Rauch. „Kannst du das Bild vergrössern?"

Kern betrachtete das vergrösserte Bild auf dem Schirm. Eine der beiden jungen Frauen war dunkelhäutig. Kern schätzte beide auf achtzehn. Sie trugen Teenie–Kleidung mit zerrissenen Jeans und nagelneuen teuren Sneakers.

„Sie wirken ein bisschen abgewrackt. Durchaus vorstellbar, dass sie ihn berauben wollten. Aber ermorden? Kaum. Sie waren zu zweit und sehen kräftig aus. Ich denke, der alte Mann hätte keine Chance gehabt, sich zu wehren."

„Sehe ich auch so", sagte Rauch. „Elfi, gib bitte eine dringliche Pressemitteilung heraus. Die Zeugen sollen sich umgehend bei uns melden. Komm, Elliott. Wir fahren ans Demokratiezentrum. Da gibt's ein paar Sachen zu klären."

Sie fuhren in Rauchs Wagen über die provisorische Brücke ans Norduder der Aare, wo sich in einem alten, gepflegten Landsitz das Zentrum für Demokratie befand. Auf der Brücke reckte Kern den Hals, um über die Abschrankung hinweg den Baufortschritt an der neuen Kettenbrücke zu sehen. „Bald werden sie die Bögen in Beton giessen", erklärte Rauch.

Im Demokratiezentrum wies Rauch sich aus und verlangte, Professor Lüthy zu sprechen.

Der Professor sass in seinem grossen, mit allerhand Papier vollgestopften Büro und wies ihnen zwei Stühle vor seinem Schreibtisch zu. Er sah erschüttert aus.

„Spielt zwar keine Rolle mehr, aber weshalb haben Sie Herrn Fraser nicht auf dem Perron abgeholt?" wollte Rauch wissen.

„Ich musste meinen Wagen ausserhalb der Parkfelder bei der Apotheke abstellen und wollte ihn im Auge behalten, falls ich jemandem den Weg versperrt hätte. Ich hatte aber den Bahnhofausgang im Blickfeld."

„Kannten Sie Fraser bereits?"

„Nein, aber ich hätte ihn aufgrund von Fotos erkannt."

„Haben Sie bei der Absage des Vortrags mitgeteilt, dass Fraser unerwartet verstorben ist, und womöglich die Umstände erwähnt?"

„Klar habe ich das. Habe anfänglich gezweifelt, ob das richtig ist. Aber dann dachte ich, wir setzen uns hier für Demokratie ein, und dazu gehört volle Transparenz gegenüber der Öffentlichkeit."

Rauch stiess die Luft aus und fuhr fort: „Wir haben eine Mutmassung gehört, wonach Fraser das Ziel eines Anschlags hätte sein können."

„Wir wurden in der Tat von einer unserer Jungparteien im Auftrag einer kanadischen Organisation aufgefordert, den Vortrag zu canceln. Man warf Fraser vor, er habe, als er noch beim

Innenministerium tätig war, die Indigenen bedrängt. Aber nach unserem Wissen hat er sich in den letzten Jahren sehr für die Anerkennung von demokratisch organisierten First Nations eingesetzt. Deshalb wollten wir nicht auf seinen Vortrag verzichten."

Rauch bedankte sich und fuhr mit Kern zurück zum Polizeikommando. Sie schwiegen. Dann sagte Rauch: „Womöglich sind die jungen Frauen Politaktivistinnen. Sie haben Fraser eine Abreibung verpasst, wobei er starb."

Kern zuckte die Achseln, und Rauch fluchte über einen Radfahrer, der ihm frech vor den Wagen gefahren war.

Im Einsatzraum war nun auch Bertsch eingetroffen.

„Ich habe die Videoaufzeichnungen geprüft. Zur fraglichen Zeit betraten von der Bahnhofshalle her nur zwei junge Frauen und ein junger Mann die Passage. Die jungen Frauen konnte ich bis zum Busbahnhof zurückverfolgen. Sie wirkten aufgekratzt und machten sich über Passanten lustig."

„Das spricht gegen eine Rolle als Aktivistinnen", gab Rauch zu.

Elfi ging zum Drucker und reichte Rauch ein Papier. „Das Gutachten der Rechtsmedizin. Fraser starb eindeutig an einem Herzinfarkt. Als er umfiel, schlug er seinen Kopf an der Wand an, daher die Verletzung. Der Pathologe sagt, das

Szenario, dass er einen Schlag bekommen und den Infarkt aus Schreck erlitten habe, sei nicht ganz auszuschliessen. Aber dann hätte jemand einen harten Gegenstand, etwa einen Stein oder einen Metallklotz verwenden müssen. In der Umgebung der Leiche fanden wir nichts, und die Leute laufen ja auch nicht gerade mit derartigen Waffen herum, seit die Steinzeit vorbei ist."

Rauch grinste. „Danke, Elfi."

Das Telefon klingelte. Elfi nahm ab und sagte: „Ich hole ihn gleich ab." Und zu Rauch gewandt: „Noah Zumwald ist bereits hier."

Rauch und Kern begaben sich ins Vernehmungszimmer, wo Elfi sogleich den jungen Mann ablieferte. Zumwald trug schwarze Jeans und eine Lederjacke, und unter seinem lockigen Kopf wirkte sein Gesicht erstaunlich kindlich.

Rauch blickte Zumwald streng an und sagte: „Herr Zumwald, wir sind enorm sauer. Sie müssen mit einer Klage wegen Behinderung der Polizeiarbeit rechnen. Die Aufnahme hätten Sie gleich zu uns bringen sollen. Im Netz hat sie nichts zu suchen. Sie haben ausserdem die jungen Frauen exponiert. Wenn denen etwas geschieht, dann kommen Sie dran."

Zumwald schluckte leer. „Ich gebe zu, dass ich einen Fehler gemacht habe. Habe allerdings nur das getan, was wir heutzutage immer tun: eine verdächtige Szene aufgenommen und ins

Netz gestellt. Und habe dafür gesorgt, dass die Täterinnen erkannt werden können."

„Es sind nur mögliche Täterinnen. Falls sie unschuldig sind, würde ich an deren Stelle eine Klage gegen Sie einreichen, weil Sie die beiden als Mörderinnen bezeichnet haben. Sie senden mir jetzt die Aufnahme auf mein Handy. Dann können Sie gehen. Die Staatsanwältin wird entscheiden, ob Sie noch von uns hören werden."

Im Einsatzraum gab Rauch Elfi sein Handy. „Versuch mal, aus den Aufnahmen die Gesichter rauszuholen. Dann lassen wir die Frauen suchen."

„Nicht nötig", sagte Bertsch. „Sie haben sich gemeldet und sind in einer Viertelstunde hier."

Die jungen Frauen hatten im Vernehmungszimmer Platz genommen. Sie trugen dieselbe Kleidung wie am Morgen auf Zumwalds Foto. Rauch und Kern setzten sich ihnen gegenüber.

„Nennen Sie uns ihre Namen", sagte Rauch, nachdem er sich ausgewiesen hatte.

„Ich bin Rebekka Knutti, und das ist Nadita Tharanga. Ich sage Ihnen gleich, dass wir nichts mit dem Tod des alten Mannes zu tun haben. Wir haben uns einen coolen Tag in Zürich gemacht, und dann simste eine Freundin uns die Nachricht, wir seien im Netz."

„Das Foto zeigt Sie im Streit mit dem Verstorbenen. Bitte erzählen Sie uns, was genau geschah."

„Wir hatten gute Laune, waren dabei, nach Zürich zu fahren. In der Passage sind wir auf den alten Mann gestossen. Er hat sich an der Wand abgestützt, offensichtlich war ihm unwohl. Wir sind zu ihm getreten und haben gefragt, ob er Hilfe brauche. Er hat uns nur angeblafft mit den Worten, 'go away'. Da ist uns der Kragen geplatzt."

„Mir ist der Kragen geplatzt", fuhr Nadita dazwischen. „Ein typischer alter weisser Mann in der Uniform der Herrschenden. Statt sich zu bedanken oder höflich zu sagen, er brauche keine Hilfe, hat er abweisend reagiert. Da habe ich ihm halt laut und deutlich einen Vortrag über die guten Sitten gehalten."

Kern grinste. „Ich kann Sie verstehen. Möglich wäre aber auch, dass er keine Luft gekriegt hat und daher so kurz angebunden war. Er machte an einem Herzinfarkt herum."

Die beiden jungen Frauen blickten sich erschrocken an. „Naja", sagte Rebekka schliesslich, „das konnten wir nicht wissen."

„Haben Sie ihn angefasst?" fragte Rauch.

„Nein."

„Und weshalb sind Sie dann einfach davongelaufen? Er muss vor ihren Augen hingefallen sein."

„Stimmt nicht. Wir hatten es eilig, um auf den Zug zu kommen. Als wir gingen, stand er noch da."

„Gut", sagte Rauch. „Danke, dass Sie sich gemeldet haben."

„Gibt es dafür eine Belohnung?"

„Nein. Zeugenaussagen sind Bürgerpflicht. Und Sie können froh sein, dass Sie nicht mehr verdächtigt werden."

Die Pressestelle veröffentlichte eine Erklärung zum Tod des kanadischen Diplomaten, wobei die Polizei Wert auf die Feststellung legte, dass kein Verbrechen vorliege und die Geschehnisse voll aufgeklärt worden seien.

Kern fuhr nach Hause, wo er für Stierli einen Bericht verfasste. Da dieser auch für die kanadische Botschaft bestimmt war, schrieb er ihn auf Englisch. Drei Seiten reichten aus, um den Vorfall und seine Aufklärung zu beschreiben. Dann holte er sich eine Zigarre aus dem Humidor und setzte sich auf die Terrasse im Garten.

Um sechs kam seine Mutter Marcia aus ihrer Anwaltskanzlei heim. „Wie war dein Tag, Elliott?" fragte sie, als sie bei einem Glas Weisswein in der Küche sassen. Kern berichtete.

Marcia sagte: „Mal sehen, was das Lokalfernsehen dazu meint." Sie schaltete den Küchenfernseher ein. Sie sahen eine junge Moderatorin, die mit einer gepflegten Dame an einem Tisch sass und gerade sagte: „Der Fall ist gelöst, aber dass ein junger Mann sogleich behauptet, die beiden jungen Frauen seien Mörderinnen, müssen wir aufarbeiten. Typische Konflikte zwischen den Geschlechtern sind das Fachgebiet von Frau Professorin Heidrun Herweg. Was sagen Sie dazu, Frau Professorin?"

„Naja, ich war sogleich überzeugt, dass die Verdächtigungen gegen die jungen Frauen frei erfunden waren. Frauen morden praktisch nicht. Wir wurden Zeugin und Zeuge des Ausdrucks der klassischen toxischen Männlichkeit. Kaum gibt es ein Problem, sollen daran Frauen Schuld sein. Ich überlasse es Ihnen, verehrte Zuschauer–innen, adäquat darauf zu reagieren."

Marcia schaltete den Fernseher aus und blickte Kern an. Und beide brachen in Gelächter aus. Dann nippte Marcia am Glas und fasste zusammen. „Eine tragische Sache. Ein Mann stirbt einfach so, fern von der Heimat. Und bei der Untersuchung tritt vieles in Erscheinung, was die heutige Zeit ausmacht. Cancel–Kultur, Spannungen zwischen den Generationen und den Geschlechtern, selbst die Rechte von Indigenen spielen eine Rolle. Und dank dem Internet wird alles sogleich publik und aufgebauscht, aber dann auch schnell aufgeklärt. Eine verrückte Welt. Zum Wohl, Elliott."

(Erschienen in „Aarauer Kurzgeschichten" 2022)